玉座の間　魔王
アリア
特殊スキル《死者蘇生》持ち元・冒険者
リヒト
惆悵の館　領域《エリア》マスター
フェイリス
ティセ

『死者蘇生《チートスキル》』が覚醒して、いにしえの魔王軍を復活させてしまいました
～誰も死なせない最強ヒーラー～
CHARACTER
ロゼ
天鼠の洞窟 領域《エリア》マスター
イリス
根源の森 領域
ドロシー
永遠の死霊使い《ネクロマンサー》

はにゅう
ILLUSTRATION shri

Cheat skill "shisha sosei" ga kakusei shite
inishieno maougun wo
fukkatsu sasete shimaimashita

チートスキル『死者蘇生』が覚醒して、いにしえの魔王軍を復活させてしまいました

～誰も死なせない最強ヒーラー～

一迅社ノベルス

CONTENS

プロローグ
処刑宣告

「許せ、リヒトよ」

「……はい？」

ギルドからの帰り道。

依頼を無事に終えて、のんびりとした帰路で――それは突然訪れた。

Sランク冒険者パーティーの一人として活動しているリヒトの前に現れたのは、全く記憶の中にはいない老人である。

小綺麗《こぎれい》な書類がその手に持たれており、気が付くと十人を超える兵士に取り囲まれていた。

「どういうことですか……？」

リヒトは必死に頭の中を整理するが、こんな扱いを受ける理由が見当たらない。

訳が分からない状況だが、もう逃げられないということだけは直感的に理解させられる。

近くに人はいないため、助けを求めることすらできなかった。

ただ、老人の返事を待つだけだ。

「この書類を見てもらえれば分かるが、国からの処刑命令が出てしまったんだ。悪く思わないでくれよ」

「処刑命令⁉　俺《おれ》が何をしたって言うんですか⁉　税金だってしっかり納めてるし、冒険者としての活躍も――」

「――君のスキルが問題なんだよ」

　国からの処刑命令など、かなりの大罪を犯さないと下されないもの。

　リヒトに嫌な緊張が走る。

「スキルって……《死者蘇生《ししゃそせい》》のことですよね？　一体何の問題が！」

「君のスキルは危険すぎるんだよ。確かにそのスキルで助けられた人もいるだろうが、魔物さえ蘇生《そせい》させられるその力は、悪用されたら面倒なんだ。それに、噂《うわさ》によれば失敗してしまうとゾンビを生み出すことになるんだろう？」

「そんな――理不尽すぎる！　悪用なんてするわけないだろ！　しかも、ゾンビを生み出すなんて嘘《うそ》だ！」

　魔物さえ蘇生させることが可能である――というのは本当だ。

《死者蘇生》は、人間だけでなく様々な種族に適用することができる。

　しかし、悪用というのは心外だった。

　ゾンビになってしまうというのも、真っ赤な嘘である。

　そもそも、リヒトは《死者蘇生》を失敗したことがない。

「そうだ！　パーティーのみんなと話し合わせてくれ！」

「それじゃあ話し合うといい」

「え？」

老人はリヒトの言葉を聞いて、一歩だけ右にズレる。

そこにいたのは、同じSランク冒険者パーティーの仲間であるアレンであった。

赤い髪にヘラヘラとした表情――間違いない。

何故《なぜ》ここにいるのか――そんなことを考えている間に、アレンは申し訳なさそうに口を開く。

「リヒト、ごめんな。国からの命令には逆らえない。俺たちのためと思って、我慢してほしいんだ」

「何を言ってるんだ……？　俺がパーティーを抜けたら――」

「昔の俺たちは、お前のスキルを買ってパーティーに入れてやった。でもさ、今の俺たちはクエストで死ぬなんてドジは踏まない。つまり、お前のスキルは意味がない。それなのに報酬だけ持っていかれたら、不満が溜《た》まるのも仕方ないよな？」

冷たく見離すようなその言葉に、すぐさま反論できない。

リヒトが次の言葉を考えていると、一人の兵士に容易《たやす》く取り押さえられた。

「そういうことだ、未練なく処刑されてくれ。今まで国に貢献してくれてご苦労だった。運がよかったら、あのネクロマンサーのように英雄の墓場に入れてもらえるかもな」

リヒトの返事を待たず。

目隠しと手錠によって、動けないように拘束《こうそく》される。

リヒトが最後に見たのは、老人から大量の報酬を受け取るアレンの姿だった。

＊＊＊

「おいお前、何か言い残すことはあるかい？」

「……ここはどこだ？」

リヒトは憎そうに処刑人の男を睨《にら》む。

しかし、こういった視線は職業上慣れているようで、特に物怖《ものお》じするような様子はない。

ただ、愉快そうに笑っていた。

「見ての通り処刑場だよ。お前の心臓を一突きした後に、この崖《がけ》から突き落とす。苦しまずに死ねるだろうぜ」

「下衆《げす》が」

「下衆？　感謝してほしいくらいだけどなぁ。今からでも、極限まで苦しむメニューに変えることだってできるんだ。口には気を付けろよ」

処刑人の男はチラリと拷問《ごうもん》器具を見せる。

男の言っていることは本当のようだ。

手錠がかけられていなければ、多少の抵抗はできたであろう。

しかし、そのようなミスをするほど間抜けな男ではなかった。

「まあ俺も、処刑されるなんて不憫《ふびん》に思うがな。自分の運を——ん？　お喋《しゃべ》りは終わりだってよ」

パン——という謎《なぞ》の音が処刑場に響き渡る。

男の反応からして、これが処刑執行の合図らしい。

心の準備もできないまま、リヒトの処刑は執行されることになった。

「まさかSランク冒険者様がこんな最期だなんてな。人生ってのは何が起こるか分からんもんだ。そうだ、死なない可能性に賭《か》けてみたらどうだい？」

「やるならさっさとしろ」

そうかい――と、処刑人の男は呟《つぶや》く。

「あばよ」

「――グアッ!!」

痛い。胸に重たい衝撃が走る。

処刑のプロというのは伊達《だて》ではなく、寸分の狂いなく心臓へ刃《やいば》が突き立てられたのだろう。

自分で確認することはできなかったが、血の噴き出す様子がリアルに感じられた。

逃げ出すことはおろか、一歩踏み出すことさえ程遠い。

これだけで十分に致命傷であるが、確実に殺すための蹴《け》りが背中に入った。

抵抗する力も残っていないリヒトは、そのまま崖から岩のように落下する。

美しさすら覚えてしまうほどの手際だ。

(死ぬ……俺が？　こんなところで……？)

崖から落ち行く最中。強すぎる風の抵抗をその身に感じるリヒト。

もう目を開ける力すら残っていない。

このまま落ちて死ぬ。そう考えると、空中にいる時間は数分にも感じられた。

そしてやっと、下から大きな音がして――。

意識はぷっつりと途切れた。


「へっ、やっと今日の仕事が終わったぜ。やけに忙しい日だったな」

処刑人の男は刃についた血を拭《ふ》きながら、満足そうに帰途についた。

男の頭の中には、既にリヒトのことは残っていない。

いつもはしているはずの死亡確認も、怠慢という形で行わなかった。

そこで。

《死者蘇生》のスキルが発動することになる。

ここでしっかりと死亡確認をしなかったことが。

処刑人の男にとって――人類にとって、最大のミスとなることを、今はまだ誰《だれ》も知らなかった。

第一章　《死者蘇生》発動

「俺《おれ》は……何で死んでないんだ……？」

リヒトは、崖《がけ》の下で何事もなかったかのように目覚める。

記憶を失っているということはない。

しっかりと、心臓を突き刺されて崖から落とされたという生々しい感覚が残っていた。

「処刑失敗？　いや、そんなはずはないよな……」

リヒトの中で真っ先に出てきた考えを、すぐさま自分で否定する。

あれだけ確実な処刑方法でミスをするなど、ど素人《しろうと》でも有り得ないだろう。

崖の高さも二百メートルはくだらない。

普通なら、ここから落ちただけで確実に死んでいるはずだ。

「――傷がない？　どこにもないぞ！　何で……？」

二百メートル以上の高さから落ちたのにもかかわらず、かすり傷一つ見当たらない。

そもそも、心臓を貫いた傷も完全に塞《ふさ》がっていた。

「まさか……」

この現象――実は一つだけ心当たりがある。

「《死者蘇生《ししゃそせい》》のスキルに似てる……」

リヒトのスキルである《死者蘇生》にそっくりだったのだ。

これまでに何度も使ってきたスキルだが、蘇生させられた相手は、今回のリヒトのように万全の状態で蘇《よみがえ》ることができる。

《死者蘇生》が使用されたとしか思えなかった。

「――一体誰《だれ》が……いや、このスキルを使えるのは俺しかいないはず」

リヒトは困惑する。

この世界に、全く同じスキルは存在しないはずだ。

そもそも、この場にはリヒト以外誰もいなかった。

こうなると、自分が自分に《死者蘇生》を使用したとしか思えない。

「自分が死んだ時にも発動する、のか――俺自身知らなかったことだし、あいつらもここまでは知らなかっただろうな」

ふと、リヒトはアレンの顔を思い出す。

能力をあまり見せないようにして生きてきたリヒトに、初めて話しかけてきた人物だ。

能力を明かすほど信頼していたのに、救いようのない裏切り方をされてしまった。

国王の命令で処刑されたということは、リヒトのスキルが国王に伝わり、危険視されたということである。

リヒトを支持する者が現れることを恐れたのか。それともあの老人が言ったように、スキルを悪用されることを恐れたのか。

そんなこと、今のリヒトに分かるはずもない。

しかし、ただ一つだけ分かっていることがあった。

アレンを含めたパーティーメンバーの誰かが、リヒトのスキルについて密告した可能性が高いということだ。

「とりあえず、ここから離れた方がいいな……」

今アレンたちのことを考えていても仕方がない。

一旦リヒトは復讐したいという気持ちを抑える。

処刑場は町の外に位置していたはずだ。

ごつごつとした岩の足場に苦労しながら、何とか国の外への出口を探す。

このレサーガ国にはもういられない。どこかに身を隠さないといけなかった。

追われるようなことはないだろうが、見つかってしまえばまた処刑されるだろう。

安全な場所が必要だ。

そして、その当ては一つだけあった。

＊＊＊

人間界と魔界。

その居住区が三対七の割合で分けられているこの世界の境界線に、リヒトはポツンと立っている。

頭の中にあったのは、どこかで聞いた胡散臭《うさん》いダンジョンの情報。

信憑性《しんぴょうせい》は限りなく低く、本当にそのダンジョンがあるかどうかすら分からない。

それでも、頼れる存在がどこにもいないリヒトには、ここしか道が残されていなかったのだ。

しかし。

「……チッ、海か。結局デマだったってことだな……」

そんな藁《わら》にも縋《すが》る思いのリヒトを嘲笑《あざわら》うかのように、目の前には広大な海が広がっている。

これ以上先に進むことは不可能だ。

一筋の希望だっただけに、ショックは数倍にも感じられた。

当てが外れてしまった者としては、気持ちを切り替えて別の道を模索することが正解なのだろうが、今のリヒトはそれができるほど心に余裕があるわけではない。

「――クソッ」

現実を逃避するため、リヒトは足元に転がっていた手のひらサイズの石を、すぐ近くにある岩《がん》礁《しょう》へ力いっぱい投げつける。

この行動でダンジョンが出てくるわけもない――そんなことはリヒト自身が一番理解していたが、そうせずにはいられなかった。

すると。

リヒトの耳に、コーンという鉄の音が響いてきた。

「な、なんだ……？」

石を投げつけたのは、間違いなく岩礁であり、このような鉄の音が聞こえてくるはずがない。

グッと目を凝らして、その不思議な岩礁を隅々まで見つめる。

「あれは……扉？　何であんなところに扉が――そうか！」

リヒトはそう言うと、体が濡《ぬ》れることなど全く気にせずに海の中へと入っていく。

その目に入ったのは、ゴツゴツとした岩肌に紛れている鉄の扉。

ここにダンジョンがあるという情報が正しいとしたら、あの扉が入り口であるとしか考えられなかった。

岩礁までの距離はそう遠くない。

冷たい海の中を必死に進んでいると、鉄でできた扉がより鮮明に目に映る。

人生で最《もっと》も必死になった瞬間とさえ思えた。

そして。

無我夢中《むがむちゅう》で辿《たど》り着いたその扉に、やっと冷たくなった手をかける。

ゴツゴツとした岩礁によじ登る過程で出すことになった血も、焦る気持ちでぶつけてしまった足の痛みも、溢《あふ》れ出るアドレナリンで全く気になることはなかった。

「やっぱり間違いない……！　やったぞ……」

重い扉を開け、地下へと続く階段を見たリヒトは、無意識のうちに拳《こぶし》を握りしめていた。

＊＊＊

「ここが最後……だよな？」

リヒトは、古びたダンジョンの最深部で呟《つぶや》く。

これまでの道のりで、モンスターと出会うことはなかった。

やはり、このダンジョンは完全に機能していないらしい。

「こんなに広いダンジョンなのに、何だか勿体《もったい》ないな」

それは、自分でも意図せずに出てきた言葉であった。

最深部に辿り着くまでの時間で、このダンジョンの大きさというのが大体予想できる。

敵がいない状態であるにもかかわらず、ほぼ丸一日かかったことから、かなり大きなダンジョンであることは明白だ。

それほど立派なダンジョンでありながら、誰にも使われることなく風化していくことに、リヒトは寂しさを感じてしまう。

（なんて言ってても仕方ないか。そんなことより――）

ふと、リヒトは本来の目的を思い出す。

リヒトは、ダンジョンに眠る死者を蘇生《そせい》しようと、ここに訪れたのだ。

これから生きていくために、仲間を作る必要がある。

このダンジョンは、かなり昔からあったということが読み取れた。ここなら歴戦の猛者《もさ》たち、いにしえの実力者が眠っていてもおかしくないだろう。

《死者蘇生》のスキルであれば、何年も前の死人でも復活させることが可能だ。

たとえ死体がないとしても、魂さえあれば元通りにできる。

あの老人が恐れていたスキルの悪用であるが、今のリヒトにそんなことは関係ない。

むしろ、復讐《ふくしゅう》という意味でも更に気合が入った。

疲れ果てた体に鞭《むち》を打ち、息を整え、地面に向けて手をかざす。


「……《死者蘇生》」


その瞬間、吐き気を催すような何かがリヒトの精神を襲った。

並の冒険者であれば、この段階で死んでいてもおかしくない。

逆に自分の魂が抜き取られてしまいそうな感覚だ。

明らかに人間を蘇生する時の反応ではなかった。


「――わっ!?」


突然、足場が大きく揺れ、数メートル先の地面が爆発した。

偶然巻き込まれないような位置にいたから良かったものの、運が悪ければこの爆発で死んでいただろう。

こんなことが起こるのは初めてだ。常軌を逸している。

一瞬失敗したのか？　とも思ったが、無事に蘇生した存在を感知する。

それも、一人だけではない。

合計で五人分の魂が、《死者蘇生》によって復活する。


「おぉ！　本当に復活したぞ！　やったのじゃ！」

「やりましたね、魔王様」

「……肉体も復元されてるなの」

「お姉さまお姉さま。嬉《うれ》しい」

「そうね、イリスちゃん」


復活した五人それぞれが口を開く。

どうやら全員が復活したことを喜んでいるようだ。

しかしそんな状況でも、真ん中の女性が発した一言だけは聞き逃《のが》すことができなかった。

確かに女性は魔王と言ったのだ。

混乱していると、ようやく一人がリヒトの存在に気付いた。

「魔王様。もしかしてこの御方が、私たちを復活させてくれたのではないでしょうか？」

「む？　──とにかく、お主らは誰も近付けんように守護領域についておれ」

魔王と呼ばれた少女は、手馴《てな》れたように残りの四人を最深部から出させる。

守護領域と言っているところから、元々このダンジョンは魔王のものだったらしい。

どうすることもできず呆然《ぼうぜん》としているうちに、四人はこの場から立ち去り、あっという間に二人きりの状況になってしまった。

「……さて、本当にお主が儂《わし》らを復活させたということで良いのじゃな？」

「あぁ」

「どうやってやったのじゃ？　儂らが死んだのは……うーんと、百年ほど前じゃぞ？　ネクロマ

ンサーでも、死体がなければ蘇生させることはできんし」

「百年!?」

リヒトは、その年数に驚きを隠せなかった。

目の前で紫の髪をクルクルとしている少女の正体が、本当に魔王であるという線が濃くなってゆく。

いつもの自分ならば、そんな馬鹿《ばか》げた話は信じていなかったであろう。

しかし。

巨大なダンジョンの最深部で復活したという状況が、小さな体に対して巨木のような威圧感が、そして見つめられただけで硬まってしまいそうな真っ赤な瞳《ひとみ》が。

リヒトから否定の選択肢を奪っていた。

「……詳しいことは俺も分からない。俺自身も予想外だった」

リヒトは慎重に――そして正直に答える。

《死者蘇生》のスキルがコントロールできていないのは、紛うことなき事実だ。

まさかダンジョンの主を蘇生してしまうとは予想もできず、ふと魔物を蘇らせることを懸念していたあの老人の顔が頭に浮かぶ。

「アハハ！　面白い奴《やつ》じゃのお。じゃが、死者を蘇生できるのは本当らしいな。儂の仲間になってくれんか?」

「良いのか……?」

「あぁ、どうやら困っておるようじゃからな。何の事情があるかは知らんが、単純に復活させてくれたお主の力になりたいのじゃ」

「……ありがとう。俺で良ければ」

リヒトは、こうして魔王軍の一員となる。

思い描いていた展開とは少し違ったが、どうせ他《ほか》に居場所もない。

ありがたく、その提案を受け入れることにした。

＊＊＊

「そういえば、お主の名前を聞いておらんかったな。儂の名前はアリアじゃ。伝説の魔王として崇《あが》めるが良い！」

「俺はリヒト――って、じゃあ、あの四人は……」

「儂の忠実な下僕じゃ。儂と一緒にあやつらまで復活させてくれたのは、かなり感謝しておるぞ」

アリアはついでのように礼を言う。

話す機会はなかったが、あの四人も魔王の仲間らしい。

アリアが信用していることから、かなりの実力者なのだろう。

魔王軍の正確な実力はまだ分からないが、ただならぬ雰囲気をその身が感じ取っていた。

「まずは〝ディストピア〟の再建じゃな。百年ぶりじゃが、形自体はそのまま残っとるようじゃし」

「ディストピア……？　それってこのダンジョンのことか？」

「そうじゃ。何を隠そう、ここが冒険者殺しという異名を持つダンジョンじゃ。かなり頑丈に作っておったから、まだまだ使えそうじゃぞ」

アリアは石の壁に触れながら、過去を懐かしむように話す。

かつてのダンジョンマスターとして、百年経《た》った今でも残っていることが単純に嬉しかったようだ。

これからは、この古びたダンジョンを再建させることに力を入れる。

元冒険者として、ダンジョン再建に関わるのは禁忌とも言える行為だが、そんなことを気にするリヒトではない。

これで裏切った人間たちに復讐できるかもしれない——そう思うと、むしろやる気が満ち溢れる。

「と言っても、俺は何を手伝えば良いんだ？　戦闘力は人間並みだぞ？」

「阿呆《あほ》か。何でわざわざお主を戦わせんといかんのじゃ」

アリアは、リヒトの背中をパシンと叩《たた》く。

「儂はお主の能力を買っておる。ちょうど、お主と相性が良さそうな奴もおるしな。特定の領域《エリア》を指定するようなことはせんじゃろう」

「領域……かなりの数があったはずだけど、あの四人が守ってるんだよな？」

リヒトの質問に、アリアは首を縦に振った。

しかし、この答えにリヒトは引っかからざるを得ない。

最深部に自力で来たことからディストピアの大きさは把握している。

この大きさのダンジョンを、たった四人で守るというのは、明らかに人手が足りない。

「えっと、その四人に何か異常とかなかったか？」

「うーん？　そういえば、いつも疲れておる様子じゃったなぁ。寝る時間もほとんどないって言っておったし」

「そりゃそうだ……」

なんと。

冒険者殺しの異名を持つディストピアは、超絶ブラックダンジョンであったのだ。

寝る時間も確保できないほど、広い範囲を守っているらしい。

それでもほとんど文句を言わない四人の社畜魂は褒められたものだが、このままではいけないというのは明白である。

かつて死んでしまったのも、そのせいではないか――とは言えなかった。

「一回、配置を見直したほうが良いと思うぞ」

「そうかのお？　それなら、リヒトがあやつらと話し合ってくれ」

「へ？」

こうしてリヒトは、四人の元へ調査に向かうことになった。

「それじゃ、頼んだぞ」

「わ、分かった……」

これから彼女たちとここで暮らしていく。

かなり危ぶまれる幸先であったが、一気に仲間が増えたということも嬉しかった。

早速仲間たちを救うために、リヒトは一歩踏み出した。

＊＊＊

「失礼しまーす」

「失礼されたなの」

労働調査のため、最初にリヒトが訪れたのは、最も最深部に近い領域だ。

〝惆悵《ちゅうちょう》の館《やかた》〟と名付けられているこの領域――やけに暗く狭い道が続いている。

綺麗《きれい》好きなそうなこの領域の主は、忙しそうに手を動かし続けていた。

百年の時間でかなり散らばっているらしい。

特に本が多い領域であるため、他の領域に比べて何倍も大変そうだ。

「大変そうだな……」

「仕方ないなの。むしろ、元に戻った時の達成感が凄《すご》いはずなの。それで、何をしに来たなの？」

（フェイリス……だったよな。アリアから教えてもらった情報だと、いつも何を考えてるか分からない人――って、そのまんまだな）

フェイリスは、首を傾《かし》げてリヒトの返事を待つ。

表情に全く変化はない。水色の髪をいじりながら、同じ水色の目で見つめていた。

警戒されているのか、それとも単純に気になっているだけなのか。

文字通り、何を考えているのか分からなかった。

(人間……ではないよな。最深部付近にいるってことは、強力な能力を持ってるってことだけど……)

リヒトは頭の中で様々なことを考えるが、全《すべ》ての答えが出ないままで終わる。

フェイリスから醸し出されるオーラは、それこそ人間のものとは思えない。

そもそも、魔王のすぐ傍《そば》を守る役割を与えられている存在が、只者《ただもの》であるはずがないだろう。

不信感を抱かれないように、素早くリヒトは次の話を続けた。

「ディストピアを守る上で、みんなの負担が大きすぎるという話を聞いたんだ。それをどうにかするための調査……かな。アリアの許可は取ってるから安心して――」

「――貴方《あなた》こそ私たちの救い主。何でも協力するなの」

リヒトの言葉が終わる前に。

目を見開いたフェイリスは、すぐさまリヒトの足元へ跪《ひざまず》く。

手のひらにキスまでしてきそうな勢いだ。

この反応から、どれだけ過酷な労働環境だったかが見て取れた。

「じゃ、じゃあ、フェイリスが今担当している領域はどれくらいあるか教えてくれるか?」

「五つの領域なの」

「五つ!?」

リヒトはついつい声を荒らげてしまう。

普通のダンジョンならば一つの領域ごとに、ボス級の魔物が一体配置されている。

いや、フェイリスたちは魔物でもない、おそらくもっと高位の〝魔族〟なのだろう。

それでも見たところ眷属《けんぞく》の姿もなく、たった一人であり、それでどうやって五つの領域を管理しろというのか。

実際に歩いて確かめたリヒトだからこそ、その過酷さが理解できた。

一つを管理するだけでも一日の大半を奪われてしまいそうな領域を五つとなると、雑な管理になってしまうのも仕方がない。この領域の広さを見ただけでも頭が痛くなる。

この様子だと、残りの三人も同じくらいの配分になっているはずだ。

リヒトが想像している以上に、ディストピアの人手不足は深刻らしい。

「敵が来た時は大変なの。魔王様に一番近い領域だから、プレッシャーも数倍」

「苦労してるんだな……」

「イリスとティセは、ペアで領域を守ってるから私にまで仕事が回ってくる。これは仕方がないことだけど……」

「なるほど」

軽く話を聞くだけで、ディストピアの問題点が続々と見えてくる。

そして、これらは一朝一夕《いっちょういっせき》で解決されるような問題ではなかった。

「こうなったら、空いてる領域はトラップとかで代用するしかないかもな。アリアが了承してくれたらの話になるけどさ」

「今の魔王様なら、機嫌が良いから何とかなりそうなの。それに、リヒトさんは私たちを復活させてくれた張本人。きっと話を聞いてもらえるなの」

言葉の通り――かなり協力的なフェイリス。

掃除をしていた手を止めて、リヒトをしっかりと見つめている。

「今こそ、革命の時なの」

もはや反旗《はんき》を翻《ひるがえ》そうとしているのではないか。

そう思ってしまうほどの熱意がそこにはあった。

＊＊＊

リヒトは、フェイリスに言われた通りの領域に入る。

そして、そこでは二人のハイエルフがくつろいでいた。

姉の方は優雅に紅茶を楽しみ、妹の方は頭を姉の太ももに預けている。

この領域は何故《なぜ》か自然に溢れており、湖まで存在している。

〝根源《こんげん》の森〟と呼ばれているだけあって、天国に来たとさえ思える。

間違いなく、このディストピアで一番美しい領域と言えるだろう。

そんな場所でハイエルフがくつろいでいるため、絵画《かいが》のような光景がそこに広がっていた。

リヒトは、初めて見るハイエルフという種族に、一瞬だけ目的を忘れて見とれてしまう。

「お姉さまお姉さま、お客様が来てる」

「あら本当。何も用意できなくてごめんなさいね」

「い、いえ、お構いなく……」

最初にリヒトに気付いたのは、膝枕《ひざまくら》されている妹の方だ。

短い金髪を揺らして、スッと流れるように立ち上がる。

姉の方も、太ももの上の重さが消えたため、長い金髪を同じように揺らして立ち上がった。

(妹の方がイリスで、姉の方がティセ……だったよな。姉妹なら似たような能力なのか――って今は関係ないか……)

リヒトは絶対に名前を間違えないように、頭の中で何回も名前を確認する。

姉妹というだけあってかなり雰囲気が似ているため、気を抜くとすぐに間違えてしまいそうだ。

幻とさえ呼ばれるハイエルフと話すということもあり、何とも言えない緊張感がリヒトの心を支配していた。

「リヒトさんでしたよね？」

「え？　どうして知って――」

「魔王様との会話が聞こえてきましたの。盗み聞きするつもりはなかったのですが」

そんなことを考えているうちに、二人との距離は段々と近付いてゆく。

いつの間にかすぐ傍《そば》まで迫られていた。

「それで、どのような用事でこんなところまでいらしたのでしょうか？」

「お姉さまお姉さま。きっとイリスたちの様子を見に来てくれたんだと思う」

「あらあら……本当に申し訳ないです」

リヒトの答えを聞く前に、二人の間で話が完結してしまう。

本来の目的は、守護領域などのことに関して聞くことだったのだが、このままだと本当に様子を見るだけで終わりそうだ。

「えっと……皆さんの負担を減らすための調査に来たんですけど――」

「負担……？　お姉さま、どうする？」

「詳しく聞きましょうか」

負担という単語に。

二人の顔色が変わったような気がした。


「なるほど。私たちのために、リヒトさんが立ち上がってくださったのですね」

一通りの話をすると、ティセは納得するように頷《うなず》く。

フェイリスほどのリアクションではないが、協力的な立ち位置に立ってくれている。

ゆったりとしているこの領域でも、負担はやはりあるようだ。

「確か、この領域をお二人で担当されているんですよね？」

「はい」

「それなら、役割を分担してどちらかが別の領域を――」

「――ダメ！」

リヒトが提案を言い切る前に。

ティセの後ろにいるイリスから、明らかな拒絶の反応が返ってきた。

ティセの服を掴《つか》むイリスの手が、更にギュッと強く握られる。

「……と、こういうわけなのです。それに、私とイリスは一緒にいることで強さを発揮できるので、離れるというのは現実的ではないかもしれません」

「……分かりました」

ここで、リヒトが考えてもいなかった問題が生じた。

単純に役割を分担するというだけでは、この問題は解決しないらしい。

二人が一緒にいることで機能するというなら、それを破壊するのはあまりにも愚かな行為だ。

「……お姉さま。あの使用人たちを蘇生してもらうのはダメ？」

「使用人？」

リヒトはイリスの提案に首を傾げる。

アリアたちを蘇生する際に、使用人と呼ばれる存在の魂を感じることはできなかった。

元々このディストピアにいた者なのだろうか。

それはまだリヒトには分からない。

「あ、使用人というのは、魔王様が作った人形のことです。彼らには雑用を任せていたのですが……蘇生は難しそうでしょうか？」

新入りのリヒトに気を遣って、ティセの分かりやすい説明が入る。

かつては、アリアが自ら人形を動かすことで人手不足を補っていたようだ。

この広いディストピア全体を補うとなると、かなりの数を操っていたのであろう。

そしてそれらを蘇生させることができれば、今の状況を打破できるのも確実だった。

しかし。

現実はそう上手《うま》く進むことはない。

「……残念だけど、命のない物を蘇生することはできないんです」

リヒトは申し訳なさそうに現実を突きつける。

《死者蘇生》の能力は、死んだ生き物を蘇生させることはできても、壊れた道具を元に戻すことはできない。

つまり、使用人と呼ばれる人形をこの世界に呼び戻すことは不可能だ。

「そうですか……無理を言ってすみません」

「魔王様がまた使用人を作ってくれたらいいんだけど」

「そうね、イリスちゃん。でも、かなり時間がかかる作業みたいだったし、それは無理そうかもしれないわ」

うーん――と、その場の会話が止まった。

アリアをよく知る二人が駄目だと言うのなら、リヒトに介入する余地はない。

使用人とはまた別の方法で問題を解決する必要がある。

「と、とにかく。もう少し考えてみます」

「無理せずに、お体には気を付けてくださいね」

「イリスも応援してるから……がんばって」

問題解決に、近付いたようで遠のいた気分だった。

ティセとイリスに見送られながら、リヒトは四人目の下僕の元へ向かうことになる。

＊＊＊

「こんにちはー……」

「……？　ここは〝天鼠《てんそ》の洞窟《どうくつ》〟ですよ？　何か問題でも起こったのでしょうか？」

一応問題は起こってます――と言いたかったが、そうしてしまうと混乱を招いてしまいそうなので、リヒトは無駄な口を閉じておく。

ロゼのいる領域――天鼠の洞窟は、他の領域に比べてかなり物が多い。

古びた家具から、得体の知れないアイテムまで。これらの片付けも仕事に入るとしたら、終わりが見えない作業になる。

そこにいたのは、敵に備えて見回りをしているロゼであった。

(ロゼ……ヴァンパイアだから昼は眠ってるはずなんだけど――寝てないな。休む暇もなさそうだし、入口に近い領域だから忙しいのかも)

入口に近いということで、他の領域よりも重要性が高い。

そのプレッシャーに耐えながら、ただでさえ広い領域の守護はかなり負担になっているだろう。

「今、このディストピアの人手不足を調査してるんだけど、思っている以上に深刻みたいで……」

「それはそれは……ご苦労様です。フェイリスとかも大変そうですしね。私なんか楽をしている方なので申し訳ないです……」

「え？」

ロゼは予想外の答えを返す。

リヒトが見てきた中で、ロゼは断トツで忙しそうだった。

寝る間も惜しんで見回りをしている時点で、トップに躍り出てもおかしくないほどだ。

「えっと、ロゼはこの領域の他にいくつ担当してるんだ？」

「七つですけど……」

「七⁉」

リヒトは驚きを隠せない。

間違いなく一番負担が大きいのはロゼである。

しかし、ロゼはそれを認識していないようだ。

真面目《まじめ》さと謙虚さが、悪い形で出てしまっていた。

「それは……何とかしないと」

「――で、でも、私はヴァンパイアなので気になさらなくても大丈夫ですよっ！　体力だって、人一倍ありますからっ！」

ロゼは、屈託のない笑顔でリヒトに微笑《ほほえ》みかける。

この数回の会話で、ロゼの性格は何となく読み取れた。

超が付くほどお人好しであるヴァンパイアに、このディストピアは支えられていると言っても過言ではない。

「まぁ、これ以上仕事を増やすってなると、厳しいんですけどね……えへへ」

（単純に人手が足りないなら、人手を増やすしかないな……でも、並の存在じゃ務まらなさそう

だし）

「――そうだ」

「ど、どうしたんですか……？」

リヒトはとある存在を思い出す。

ディストピアを更に強固にするためにも、人手を増やすのは必要不可欠だ。

当然、一人一人集めるとしたら、かなり時間がかかってしまう作業である。

しかし、そんな作業を嘲笑うかのような存在が一人だけいた。

冒険者として生きていたなら、必ず知っているであろう存在。

リヒトの頭の中にいたのは、伝説のネクロマンサーだった。

＊＊＊

「……凄いなの。世界が変わってるなの」

「あれ？　橋がかけられてる。最初はなかったのに」

百年ぶりにディストピアから出たフェイリス。

最初の言葉は、こぼれ落ちるような感嘆であった。

そして、一日ぶりに外へ出たリヒトにもサプライズがある。

最初は存在していなかった橋が、いつの間にか設置されていたのだ。

「これは多分ロゼが作ってくれたものなの」

「こんなことまで担当してくれてるのか――って、大狼《たいろう》がいるぞ！　襲ってくるんじゃないのか!?」

リヒトが見つけたのは、橋の先でどっしりと待ち構えている大狼。

これまでの冒険者生活でも見たことのないサイズであり、まともな武器を持っていない今では追い払えるかどうかさえ怪しかった。

しかし、慌てているリヒトに対してフェイリスは冷静である。

「……あれは敵じゃないなの。ロゼに眷属化されてる。多分足として用意してくれたものなの」

「眷属化……？　よく分からないけど、敵じゃないのか？」

「うん。ほら」

そう言って、フェイリスは大狼の近くに歩み寄る。

そうすると、気性が荒いはずの大狼がフェイリスを乗せるために背中を見せた。

このような光景を見せられると、リヒトも信じるしかない。

「リヒトさん。乗って」

「わ、分かった」

フェイリスに言われるがまま、リヒトはゆっくりと背中に乗る。

大狼の背中に乗るのは、人生で初めての経験だ。

この場所にいるだけで、リヒトまで強くなった気になってしまう。

後から乗ったフェイリスも、心地よさそうに毛並みを触っていた。

「リヒトさん、向かう場所は分かってるなの？」

リヒトの腰に手を回しながら、フェイリスは後ろから問いかける。

「勿論《もちろん》。というか、知らない方が問題ってくらいだ」

リヒトとフェイリスは、伝説のネクロマンサーを蘇生させるため、英雄の墓地に向かおうとしていた。

現在そのネクロマンサーが眠っている場所は、崇めるようにして保存されており、守りも手薄になっているはずだ。

イリスとティセを連れていくとなると、二人分の穴が開いてしまうので不可。ロゼを連れていくとしても、同等のダメージとなってしまうため不可。

消去法によって、今回の相棒はフェイリスとなった。

「この作戦が成功したら、沢山の休みが手に入るなの。やっぱり魔王様は許してくれると思っていたなの」

「あぁ。本当に許してくれるなんてな」

実際、魔王であるアリアに相談したところ、驚くほど簡単に許可が出た。

曲がりなりにも、確実に一人下僕を連れていくことになるので、交渉になると予想していた分、肩透かしを食らったような気分である。

「そういえば、そのネクロマンサーを復活させたとしても、魔王様はディストピアに受け入れてくれるなの？」

「それも大丈夫だってさ。何でか分からないけど、信用してくれてるみたいだよ」

リヒトは、ここまでスムーズに話を通してくれたアリアに感謝していた。

かなり特殊であるが、一応新入りという形のリヒトをこれほど信頼してくれる魔王がどこにいるだろうか。

その期待を背負っている分、より一層頑張ろうとさえ思える。

これが全部アリアの作戦だとしたら、魔王の名に恥じないカリスマ性だ。

「それなら良かったなの」

「――それじゃあ行こう。多分墓守《はかもり》と戦うことになるだろうから、覚悟はしておいてくれ」

「待って。リヒトさんは、確か死者を蘇生させる能力だった――それって、何度でも復活させることができるなの……？」

「うん、問題ないよ」

フェイリスは、改めてリヒトのスキルを確認する。

戦闘の前に必ず確認しておきたいことであり、これからの戦い方を変えるかもしれない大切な質問。

そしてフェイリスは確信した。

リヒトの能力とフェイリスの能力が、歯車のように噛《か》み合っていることを。

魔王であるアリアから聞いた内容と同じだ。

何度でも対象を蘇生できる《死者蘇生》のスキルは、自分が死んだ時に発動する、フェイリスの《怨恨《えんこん》》と最高の相性だった。

＊＊＊

「おい、聞いているか？　この墓に大狼に乗った怪しい二人組が向かってきているぞ」

「ああ。チッ、よりによって、こんな時に来るとは……夜は俺たち二人しかいないってのによぉ」

英雄の墓場――ここは、偉大な功績を残した英雄たちの眠る場所であり、多くの人間たちが敬意を表す場所である。

そんな墓場を守る体格のいい男と背の高い男は、慌てて防衛の態勢を整えていた。

信じられないことに、この地へ向かってくる怪しい影が、二人分発見されたのだ。

偶然ではないと分かっていることから、英雄を踏みにじろうとする愚か者なのは確定している。

「恐らく、貴重な品を横取りしようとしている盗賊だろうな。罰当たりな奴もいるもんだよ」

「楽して儲《もう》けようとする魂胆も許せねぇが、英雄の持ち物に手をつけるってのはもっと許せねえ。とっ捕まえて処刑するべきだ」

墓守たちは、怒りを原動力にして武器を持つ。

これまでに何人かの墓荒らしを打ちのめしてきたが、その大半が盗賊紛《まが》いの輩《やから》であった。

悪魔に魂を売った人間を、正義感の強い二人が許すことはできない。

今回も同じように、捕まえて処刑場へと送るだけだ。

墓守たちの武器を握る手が更に強く握られる。

＊＊＊

「――来るぞ。先手必勝だ」

「――おう」

墓守たちは、待ち構える形で門の陰に潜伏していた。

入ってきた瞬間に、手に持った斧《おの》で体を両断する。

一番手っ取り早い方法であり、一番自信のある戦い方だ。

これまでに、この方法で盗賊を何人も屠《ほふ》ってきた。熟練のコンビネーションがあるからこそ、なせる技である。

「――今だ!!」

「――オラァ!!」

二人は同時に斧を薙《な》ぎ払う。

そこにいたのは、どこかで見たことがある男と、娘ほどの年齢である少女だった。

男の方は、見事な反射神経で斧を躱《かわ》す。盗賊では有り得ないほどの身のこなしだ。

冒険者として名を馳《は》せていてもおかしくない――直感的にそう感じさせられた。

しかし、少女の方には完璧《かんぺき》に攻撃がヒットする。

「――フェイリス！」

フェイリスと呼ばれた少女の肉体は、瞳の色をオレンジに変え、力を失ったように崩れ落ちた。

ほんの少しだけ――墓守の中に罪悪感が生まれるが、命の奪い合いでそのようなことを考えている余裕はない。

慌てて、墓守はその感情を振り払う。

「……アハ」

腹の中からはみ出てくる臓器を確認しながら。

その少女は死んだ。

残りは男一人。

目をそちらに向けたところで、背の高い墓守は体に起こる異変に気付く。

「うおおぉぉぉ!?」

「――ど、どうした!?」

叫んだのは、少女を攻撃した、背の高い方の墓守だ。

腹を押さえてうずくまり、目を見開いて苦しみ悶《もだ》えている。

男の方が何かをしたような様子はない。

しかし、少女の方も既に死んでしまっている。

「い、痛てぇ……いてぇ――」

そして、フッと魂が消えたかのように背の高い墓守は倒れる。

「お、おい!?」

近寄って確認すると――背の高い墓守は、腹部から臓器がはみ出るようにして死んでいた。

先ほどの少女と全く同じ死に方だ。

体格がよい方の墓守は、ごくりと唾《つば》を飲み込み、目の前にいる男に問いかける。

「お前……一体何をしやがった」

「……なるほど。アリアが言っていたのは、こういうことだったのか……」

「わ、訳の分からねぇことを言ってないで答えろ！」

「《死者蘇生》」

墓守の質問に答えず、男の方は、何やらおかしな単語を呟いた。

「……ふぅ。ありがとうなの、リヒトさん」

「そういう能力なら先に言ってほしいな……びっくりしたから」

「――な!?」

墓守は驚きを隠せない。

確実に殺したはずの少女が、何事もなかったかのように起き上がったのだ。

腹部を見ても、臓器どころか怪我《けが》一つさえ見当たらず、時間が巻き戻ったかのようである。

瞳の色もオレンジから元の水色に戻っていた。

「く、来るな！」

腰が抜けてしまった墓守は、何とか手の力で二人との距離を離す。

それでも。

せっかく離した距離は、たった数歩で追いつかれてしまった。

「や、やめろ……」

「――アハハ。アハハハハ」

少女はおぞましい笑顔を浮かべながら。

体格のよい墓守から奪ったナイフを、自らの首に突き立てる。

殺すべき相手が目の前で死のうとしているが、墓守はそれを喜ぶことはなかった。

自分に返ってくることを直感的に悟ったからだ。

止めようとしても腰が抜け、恐怖で呼吸もおかしくなる。

結局、その自殺を見ていることしかできない。

そして。

二人の視線が集まる中――少女は簡単に命を落とした。

＊＊＊

「《死者蘇生》」

「――復活なのっ」

リヒトは、死んでいるフェイリスに二回目の蘇生をした。

そして、またもや何事もなかったかのように生き返る。

残忍な戦い方をした後とは思えないほど清々《すがすが》しい様子だ。

「……？　どうしたなの？　リヒトさん」

「いや、別に……」

一歩だけリヒトは、フェイリスとの距離を離す。

相性が良いというのは分かったが、できるだけ見たくない戦い方だった。

死ぬ瞬間に出た苦しそうな表情を見ると、痛覚というもの自体はあるのだろう。

普通なら心配の言葉を発していた状況でも、何故かその言葉は出てこない。

無意識のうちに怯《おび》えていた。

「もしかしたら援軍が来るかもしれないなの。早めに作業は済ませた方がいいと思うなの」

「そ、そうだな」

フェイリスに促されるままに。

リヒトは伝説のネクロマンサーを探す。

一番手っ取り早いのは、そのネクロマンサーの墓石を探すことだ。

英雄が集まっているというだけあって、墓石に書かれている名前は、どれも聞いたことがある者たちが並んでいる。

かつての勇者だけでなく、大賢者や大錬金術師など、偉大な者たちばかりであった。

「――あったぞ。ここだ」

「……永遠の死霊使い、ここに眠る――なの？　名前は……ドロシー？」

「あぁ。《死者蘇生》」

永遠の死霊使い。

これからドロシーを超すようなネクロマンサーは現れないと断定されなければ、絶対にもらえないような称号だ。

リヒトが知っているだけでも、千を超える死霊を同時に操ったという伝説がある。

そんな英雄の墓土から、勢いよく一本の細い手が飛び出してきた。

「――ゴホッ！　ちょっと、助けてほしいんだけど……もしもし？」

ドロシーの第一声は、助けを求めるようなセリフであった。

墓土は意外と硬いようで、まだ腕一本しか見えていない。

これだけ見ると、ただのゾンビである。

「リヒトさん、助けるなの？」

「当たり前だ。フェイリス、引っ張るのを手伝ってくれ」

リヒトとフェイリスは、飛び出た一本の腕を必死で引き抜こうとした。

女性らしい細い腕であるため、下手《へた》に力を入れると折れてしまいそうだ。

気を遣いながら二人で引っ張る。

「――プハァ！　……あの、蘇生させるんなら、もうちょっと掘り起こしてからにしてほしかったなぁ」

「ご、ごめん……」

「謝ってくれたら良いよ。それで、ボクを蘇生するなんて、どうかしたの？」

何とか力を合わせて、土まみれのドロシーが姿を現す。

土を被《かぶ》った茶色の髪を面倒臭そうに払いながら、蘇生させた張本人のリヒトを見つめていた。

いきなり体が汚れてしまったことに、少々不満そうであったが、特にそれ以上言及するような様子はない。

それよりも、自分が蘇生された理由の方が気になっているようだ。

「単刀直入《たんとうちょくにゅう》に言うと、俺たちの仲間になってほしいんだ」

「……そっちの子、人間じゃないよね。なら良いよ――あ、でも、その前に一つだけ質問」

簡単すぎる了承。

そして、追加の質問が来る。

「君って、ネクロマンサーじゃないよね？　どうやってボクを蘇生させたの？　主従関係もなさそうだ――実際に、ボクは君の奴隷になってないわけだし」

「俺はネクロマンサーじゃないよ。《死者蘇生》のスキルは、蘇生させることはできるけど、服従させることはできないんだ。その代わり自分も蘇生可能……らしい」

最後の一言は、少々濁すような形になってしまう。

まだ一度しか発動しておらず、明確な自信もない。フェイリスのように、実験しようとも思えなかった。

それでも、ドロシーの反応はかなり良い。

面白そうにリヒトの話を聞いている。

「やっぱりボクと似ている能力だね。でも、自分を蘇生可能なんて聞いたことがないよ」

「リヒトさんは凄いなの」

「どうも……」

それで――と、ドロシーは話を戻す。

「君の仲間になれば良いんだったよね？　蘇生させてくれた分は頑張らせてもらうよ」

「感謝するよ。それじゃあ――援軍が来る前に帰ろう」

「了解なのー」

こうして。

伝説のネクロマンサーが、意外とあっさりリヒトたちの仲間になった。

ディストピアの深部。

フェイリスの部屋の近くで、ドロシーの作業は行われた。

「……このダンジョンはかなり広いんだね。各領域を守れるくらいに死霊を置くとしても、かなりの数になりそうだ」

「やっぱり厳しいか……？」

「まさか。誰がそんなことを言ったの？　多数の死霊を使役するのは、むしろボクの得意分野だよ」

そう言って、ドロシーはお気に入りの杖《つえ》を振り回す。

棺桶《かんおけ》の中から、杖はちゃっかり持ってきていたらしい。

地面から出てきた冷たい風が、全ての領域に行き渡るようにドロシーの髪を揺らした。

「はい。これで大体オッケーかな」

「え？　もう終わったのか？」

「まあね。ボクの死霊が、既に守護されている領域を除いた全領域に到達するまで約三分くらい――あ、領域の一つはボクが自由に使って良いんだよね？」

クルクルと杖を回し終わった時点で、既に作業は終わっていたらしい。

永遠の死霊使いという称号は伊達《だて》ではなく、何百体もの死霊を自由自在《じゆうじざい》に操れるようだ。

三分後に、劇的にディストピアは変わることになる。

当然、ロゼたちがいない領域に比べて、死霊のみの領域は防御力が下がるが、彼女たちの精神面という意味でそれ以上の成果が見込めそうだ。

これで、ロゼたちも集中して領域を守護できるだろう。

「でも、まさか魔王の下に付くことになるとはね。そういえば、君も人間だよね？　どうして魔王の下になんか付いているの？」

「ちょっと人間界で色々あってな……帰れなくなっちゃったし、俺にはここしかないと思った」

「……？　よく分からないけど、聞かない方が良いみたいだね。ただ、人間界で上手くいかないってのは分かる気がするよ」

ドロシーはリヒトの肩をポンと叩く。

同じく才能を持った者の先輩として、今のリヒトの心が少しだけ理解できたのかもしれない。

人間界では、行きすぎた才能は潰《つぶ》されるものである。

「そういえば、ボクは魔王に――いや、魔王様に挨拶《あいさつ》に行った方が良いのかな？　一応新入りってわけだし」

「いや、今頃《いまごろ》アリアは眠ってるから気にしなくて良いよ。それより、フェイリスっていうちょっと怖い子がいるから、そっちの方に挨拶した方が良いかもな」

「フェイリス……？　確か君と一緒にいた子だよね？　え？　あの子怖い人だったの？　そんな風には見えなかったけど……」

「あぁ。何か攻撃をしたら、自分の喉《のど》を掻《か》っ切りながらやり返してくるぞ」

「何それ怖い」

リヒトは、かなり大雑把《おおざっぱ》な紹介をする。

種族は違えど、これから共に戦うであろう仲間だ。仲良くなっても損になることはない。

本当の意味で嫌な奴というのは、このディストピアにいないため、ドロシーでもすぐに馴染《なじ》むことができるはずだ。

そして、それをサポートするのもリヒトの役目だと言えた。

「フェイリスさんたちは仲間だし当然信用してるけどさ、もし何かあったらリヒトが助けに来てね」

「その時は蘇生させるから安心してくれ」

「できれば死ぬ前に助けてほしいな」

初めてできた人間の仲間。

同じ人間だから話しやすいのか、それともただ単にドロシーが親しみやすいタイプなのか。

どちらかは分からないが、ドロシーという心強い友人に、リヒトは嬉しい気持ちを感じていた。

＊＊＊

「アレン。リヒトの代わりは見つかったの？」

「まだだ。そもそも、俺たちのレベルに合うようなヒーラーなんて、簡単に見つかるはずないだろ」

Sランク冒険者であるアレンとシズクは、処刑されたリヒトの代わりになる人材を探していた。残りの一人も、スカウトに向かっている最中である。

すぐに見つかると思っていた代役だが、ここまで苦戦するとは予想外だ。

たとえ死ぬことがなかったアレンたちでも、細かい傷を負うことは多々ある。

リヒトは回復職ではないため、そのような傷を癒《いや》すことはできない。

今アレンたちが求めているのは、そんな細かい傷を癒すことができる存在だった。

「何で？　リヒトの代わりなんていくらでもいるはずでしょ？　蘇生の能力は必要ないし、ちょっと傷を治すことができたら良いんだから」

「だから、俺たちに合うようなヒーラーがいないって言ってるだろ。ヒーラーは全員が全員弱すぎる。どれだけ後ろの方にいたとしても、そいつが真っ先に死んじまうくらいにな」

「何それ？　ヒーラーを守りながら戦えってこと？　サポートじゃなくて足を引っ張ってるじゃん……」

シズクは呆《あき》れたようにため息をつく。考えることに疲れてしまい、自慢のピンクの髪をいじりだしていた。

これまでワンマンプレーをしていた二人に、ヒーラーを守りながら戦うというチームプレーは不可能である。

それほど面倒なリスクを背負ってまで、ヒーラーを入れるべきなのかすら疑ってしまうほどだ。

「でも、どうにか一人くらいは見つかるんじゃないの？　私たちはSランクパーティーだよ？　強いヒーラーの人だって来てくれると思うけど……」

「回復職なら、どれだけランクが上でも本体の弱さは変わらないぞ。たとえ俺たちと同じSランクの回復職でも、一対一なら並の冒険者程度だ」

「え？　でもリヒトは、それなりの戦闘能力があったじゃない！」

「あのな……リヒトは回復職じゃないぞ。アイツの蘇生はスキルなんだ。だから、俺たちに付いてこれるくらいの戦闘能力はある」

「そんな……」

アレンとシズクは、パーティー構成の難しさをジワジワと感じていた。

現状、アレンとシズクで前衛が二人。そして、ジョゼという戦場で独立した存在が一人いる。

回復役だとしても、お荷物を連れて歩くというのは避けたい。

リヒトという特殊な存在に慣れてしまったせいで、今の選択が正しいかどうかさえ判断ができなくなっていた。

死んだ後も、ずっとアレンに取り憑《つ》いている疫病神《やくびょうがみ》だ。

「……チッ、こんなことを言ってても仕方がないな。とりあえず一人はパーティーに入れておくか。囮《おとり》くらいの役割はできるだろう」

「そうだね、別に見捨てればいっか。いないよりかはマシ……かどうかは分からないけど」

「志願者は結構いるから、じっくり選んでも良いかもな。もしかすると、金の卵を見つけられるかもしれないし」

「あ、それ面白そうかも――ん？　アレン、何か手紙が来てるよ？」

回復職に関しての方針を決めたところで。

シズクは、ポストに投函《とうかん》されていた手紙に気付く。

大きなギルドのハンコが押されており、クエスト依頼の内容だろう。

二人はSランクパーティーであるため、このような手紙自体は珍しいことではない。

しかし内容を見る前に、冒険者としての勘がシズクの手を硬まらせた。

「どうした？　どうせクエストの依頼だろ？」

「そうだけど、ちょっと見てみて」

「……？」

シズクから渡された手紙を、アレンは慣れたように開けて中身を確認する。

そこには、Sランク冒険者に恥じない内容が記されていた。

「ダンジョン調査の依頼……？　年月によって廃《すた》れていたダンジョンらしき場所から、最近強力な魔力を確認したらしい」

「強力な魔力？　廃ダンジョンに魔物が住み着いたってこと？　なんだか面倒臭そう……」

「場所は魔界と人間界の間らへんだな。行こうと思ったら行ける場所だが……」

「それってあのダンジョンじゃない？　ほら、ちょっと前に話題になってたやつ。魔王が住んでたとかいうデマが流れたりして——」

「——いや待て。報酬金が五十万ゴールドもあるぞ……」

「五十万ゴールド!?　受けるしかないじゃん！」

不穏なクエスト内容に、一瞬躊躇《ためら》った二人であったが、莫大《ばくだい》な報酬金を見た途端に心境は変わる。

これほど美味《おい》しいクエストを見逃すわけにはいかない。
ほぼ二つ返事の承諾の手紙を、ギルドに送り返すアレンとシズクだった。

第二章　外の世界

「リヒト、人間たちがこのディストピアに気付いたみたいだよ」


それは、まるでおまけのような口調で話された。

ドロシーが加わって数日。

意外と何も起こらないなぁ――と考えていた矢先だ。

今はドロシーとリヒトで食後の休みを取っている時間帯である。

「ど、どうやってそんなことが分かるんだ……？」

「ボクが使役している死霊を、ディストピアの周辺に一匹だけ放《ほう》っておいたんだよ。そうしたら、人間の姿を見たって言うからさ」

「そんな使い方もできるんだな……」

リヒトの心にあったのは、これからどうするかということではなく、ドロシーの索敵能力に対しての感心だ。

もし戦いになった時に、情報はとても大切な要因となってくる。

そんな情報を集めるという役割で、ここまで頼りになる存在はいないだろう。

「面倒なことになりそうだったから、攻撃はしないでおいたけど、結局ここに攻めてくるんじゃないかな。絶対ディストピアの存在は気付いたはずだし」

「その時はその時だ。とにかくありがとう――そうだ。フェイリスやロゼたちも、ドロシーの死霊に感謝してるらしいぞ」

「そうなんだ。役立っているってのは嬉《うれ》しいね。昔なんて、ろくな使い方をしていなかったからさ」

実際にディストピアは、ドロシーの死霊によってかなり支えられていた。

あのアリアも、優秀な死霊たちに満足そうだ。

一番恩恵を受けているロゼに至っては、余った時間で何をしたら良いか困惑しているほどである。

「それで、もし戦いになった時、ボクはどうしたら良いのかな？　一緒に戦った方が良い？」

「いや、ロゼたちがいるから、多分何もしなくて大丈夫だと思うよ」

「――あ、おったおった！　探したぞー、リヒトにドロシーとやら」

リヒトとドロシーが話していると、宙に浮いたアリアがフワフワと近付いてきた。

どれだけの時間探していたのかは分からないが、この喜びようからして、かなり苦労したんだろう。

「は、初めまして、魔王さま」

「うむ！　話は聞いておる。これからもよろしく頼むぞ」

アリアとドロシーのファーストコンタクト。

すでに上司と部下の関係になっている。

常に気だるげなドロシーも、この場ではピシッと緊張感を持って接していた。

「アリア。もしかしたら、近いうちに人間が攻めてくるかもしれないんだ」

「なんじゃと？　望むところじゃ。儂《わし》が直々に相手してやろう」

アリアは指をポキポキと鳴らす。

特に焦っている様子も、物怖《ものお》じしている様子もない。

むしろ、復活してから暇だった分、待ち遠しそうにしていた。

「――と言っても、ロゼやイリスが全部倒してしまうから、儂まで回ってこんじゃろうな」

「……やっぱりロゼやイリスって強いのか？　話してみただけだと、普通の女の子って感じだったけど」

「イリスはティセと一緒でないとそこまでじゃが、ロゼは鬼のような強さじゃぞ。人間なら食料として全員食い潰《つぶ》すじゃろう」

ドロシーがブルっと震える。

ヴァンパイアに捕食される人間を想像してしまったのだろう。

この様子だと、過去にトラウマがあるのかもしれない。

「ねぇ、リヒト。ロゼさんに許可を取ったら、ボクの方に何人か分けてもらえるかな……？」

「ん？　大丈夫だと思うけど。どうしてだ？」

「いや、ヴァンパイアに殺される苦しさはボクも知ってるからさ。流石《さすが》にそれは可哀想《かわいそう》だなぁって」

何か、聞いてはいけないことを聞いてしまったような気がした。

この理由を聞いて、申し出を断れるほどリヒトは鬼ではない。

ドロシーの優しさが垣間《かいま》見えた瞬間だ。

何を言っているのかよく分からない表情をアリアが浮かべているが、魔王には理解できない感情らしい。

敵だからいいじゃん――とでも言いたげである。

「それじゃあ儂は一旦《いったん》戻るぞ――別に敵を残してくれても構わんからな」

「もう戻るのか？」

「ああ。ちょっと今日は忙しくてな」

そう言って、アリアは何かを思い付いたかのようにそそくさと帰ってゆく。

リヒトがその行動の真意を知ることはないが、何かまた問題が起きそうな気配だけは察知していた。

かなり自由気ままな行動であるが、それをリヒトが止めることはない。

アリアが進む道は、間違った道ではないと思えたからだ。

「……アリア。フェイリスほどじゃないけど、何を考えてるのか分からないな……」

「リヒト……よくあの人と対等に話せるね」

「ん？　どういうことだ？」

「だってあの人。正真正銘《しょうしんしょうめい》――本物の大魔王だよ」

この時のドロシーの言葉を。

冗談半分のからかいだと思い、リヒトは深く受け止めることなく聞き流していた。

＊＊＊

「おい、アレン。この方向で合ってるんだろうな？」

「当たり前だろ。ギルドからの情報だ。信憑性《しんぴょうせい》は高い」

「ちょっと遠くない？　この馬が遅いだけ？」

ダンジョン調査に向かうアレンたちは、馬車に揺られて目的地へと向かっていた。

結局ヒーラーは妥協した者を選ぶことになり、今は馬車の御者をさせている。

少しだけパーティーに不安があったが、たかがダンジョンの調査と割り切るしかない。

「何か他《ほか》に情報はないのか？　ただ大きな魔力反応があったってだけじゃあ、何の対策もできないぞ」

ジョゼは黒色の長髪を後ろにまとめながら、眠そうなアレンに話しかける。

これから戦いだというのに、何も考えていなさそうなアレンとシズクに嫌気がさしていた。

ここまで来ているのにもかかわらず、していることといえば身だしなみを整えていることくらいだ。

「落ち着けよ、ジョゼ。今更対策するとしても、何ができるって言うんだよ」

「そうだよー。変に頭を使うってのも嫌だー」

「お前ら……どうなっても知らんぞ？」

ジョゼは呆《あき》れたようにため息をつく。

確かにアレンとシズクは強い。その戦闘能力は、同じSランク冒険者のジョゼでも動かせない事実だった。

しかし、このまま注意をせずに見過ごしてもよいのだろうか。

今回は回復職を連れてきているということもあり、いつもより戦いづらくなっているはずだ。

これまでに、油断をしたことで命を落とした冒険者を何人も見てきている。

そのことを考えると、この二人の態度に憤りさえ感じた。

「ねぇ、調査が終わったらどうするー？　五十万ゴールドだったよね？　ちゃんと配分考えとかないと」

「普通に四人で分ければいいだろ。どうなんだ？　アレン」

「いや、俺《おれ》たちとヒーラーが同じ配分ってのはおかしいんじゃないか？　明らかに労働量が見合ってないのに、納得できるか？　シズク？」

「納得できなーい」

そんな話をしながら。

四人は、問題のダンジョンに近付いていていた。

「……これって、地下に繋《つな》がってるんじゃない？　面倒臭そう……」

「アレン、逃走用のアイテムは持ってきてるか？　何だか危険な臭《にお》いがする。リヒトがいないから、もう死ぬことはできんぞ」

「あぁ、持ってきている。ピンチになったら使うから、把握しておいてくれ。じゃあ行くぞ――ヒーラー、付いてこいよ」

「は、はい……」

橋を越えダンジョンの入り口に辿《たど》り着いた三人は、これまでとは違う空気をハッキリと感じていた。

馬車ではヘラヘラしていたシズクの顔も、何かを感じ取ったかのように真面目《まじめ》になっている。

この場でいつもと変わらないのは、たまたま連れてきたヒーラーだけだ。

「……この空気は悪魔――いや、死霊か。アレン！　このダンジョンに住み着いているのは、恐らくリッチのようなアンデッドだ！」

「アンデッドだと？　クソ、ギリギリだな。あっちにはスタミナがある分、長期戦は俺たちが不利だ。早期決着の作戦でいくぞ」

「りょーかい。ササッと終わらせちゃお」

一通りの作戦を立てて。

アレンたちは、ダンジョンへと足を踏み入れた。

――その瞬間、ダンジョンの中の空気が変わった。

＊＊＊

「何この死霊の数！　これを本当に一体が使役してるって言うの⁉」

「誰《だれ》も一体だとは言ってないだろうが。これほどの強さの死霊を、これほどの数だけ使役しているということは――恐らく、十体ほどリッチがいるようだな」

「十体だと？　ジョゼ、本気で言っているのか？　十体もリッチがいれば、それこそ殺し合いになるだろ」

ダンジョンの中に入った四人を待ち構えていたのは、数え切れないほどの死霊だった。

ここまで統率が取れているということは、何者かに使役されていると考えて間違いない。

ジョゼの考えだと、十体分のリッチに相当する量だ。

「チッ！　何が起こってるのか分からん！　お前ら、絶対に離れて行動するなよ！」

アレンがそう指示を出す。

――しかし。

残りの三人からの返事は聞こえてこない。

聞こえてくるのは、洞窟の壁に反響した自分の声だけである。

「こんにちはー……すみません、何人かに分けるよう命令されたので、この領域に連れてきちゃいました」

「だ、誰だ!?」

アレンはバッと振り返る。

そこには、自分と年も変わらなそうな女性が立っていた。

その美しい顔は、人間界の貴族の美しさを優に超えているほどであり、この恐ろしいダンジョンにいること自体が不自然だ。

もし敵だとしたら、背後を取ったというアドバンテージを放棄するほど余裕があるらしい。

「私はロゼと申します」

「貴様がこのダンジョンの主か……ジョゼの野郎、大ハズレだぜ」

「ダンジョンの主……？　何をおっしゃっているのか分かりませんが、貴方《あなた》のお相手は私です」

「――そんなことは分かっている！」

アレンは、目にも留まらぬスピードで剣を抜き、ロゼに向かって斬《き》りつける。

その太刀筋《たち》は、Sランク冒険者という名前に負けない見事なものだった。

人間が相手であれば、反応すらできずに斬られてしまうだろう。

それは魔物でも同じであり、たとえ反応できたとしても、その後の追撃を躱《かわ》すことは不可能だ。

しかし。

今回の相手はロゼである。

「――なっ!?」

何故《なぜ》か、アレンの手から剣が消えていた。

膨大な戦闘経験があるアレンでも、このような現象は一度も起きたことがない。

剣がすっぽ抜けるほど素人《しろうと》でもなく、剣を投げて攻撃するほど腕があるわけでもない。

「良い剣ですね……人間には勿体《もったい》ない――いいえ、やっぱり何でもありません」

行方《ゆくえ》不明の剣は、いつの間にかロゼが手にしていた。

アレンは混乱する。

奪うチャンスがあったとすれば、攻撃がヒットしそうになったあの一瞬だ。

どう考えても人間の技ではない。

「貴様……どうやって俺の剣を」

「あまりに遅かったので、ちょっと拝借してみました——あ、これはお返ししておきます」

そう言って、ロゼはポイッと剣をアレンに返す。

これ以上興味を持てるような品ではなかったらしい。

背後を取ったにも関わらず声をかけ、せっかく奪った武器も簡単に返却してしまう。

この余裕が、アレンは許せなかった。

「おい。この死霊を使役している奴《やつ》は誰だ？　貴様じゃないのは分かっている。そいつの場所を教えろ」

「場所ですか……？　詳しい場所は分かりませんけど、リヒトさんと一緒にいるんじゃないかなぁ」

「——リヒト？」

ポロリとロゼがこぼした言葉。

それは、アレンが聞き慣れている者の名前だ。

どうしてロゼがリヒトのことを知っているのか——それよりも気になったのは、まるでリヒトが生きているような言い方である。

「何故貴様の口からリヒトの名前が出てくるんだ？　知り合いか？　いや、それは有り得ない」

「……？　それはこちらのセリフです。どうして貴方がリヒトさんのことを知っているのです
——あ、なるほど……」

ロゼは何かを理解したようだが、アレンは何が何だか分からない。

死んだはずのリヒトがまさか生きているのか。一瞬だけそのような考えが頭の中を過《よ》ぎったが、冷静に考えると馬鹿馬鹿《ばかばか》しいだけだ。

処刑という確実な死によって、リヒトは過去の人物となっている。

「まあどうでもいい。リヒトの名前を出したら、俺が躊躇《ちゅうちょ》するとでも思ったか？」

「はぁ……これはリヒトさんの気持ちも分かります。あと、もう貴方負けてますよ」

「――なっ⁉」

アレンの手には、二匹のコウモリが噛《か》み付いていた。

特に痛みはないが、このままではマズイということだけは直感的に理解できる。

しかし、そう思った時にはもう遅い。

血が吸われているためか、自分の意思では動かせなくなった。

「……この体格だと、そこまで血が取れないだろうなぁ。あれ？　リヒトさんが蘇生《そせい》させてくれたら、もしかして永久機関になる？　今度試してみてもらおっと」

「な……貴様……！」

ここで。

アレンの意識は完全に途切れる。

次にアレンが目を覚ますのは、全身に群がるコウモリの中であった。

＊＊＊

「どこよ、ここ……地下のダンジョンに入ったはずなのに……」

シズクが立っていたのは、自然が溢《あふ》れた森のような場所である。

アレンたちと一緒に地下ダンジョンへ入ったにもかかわらず、気が付いたらここにいた。

目の前が真っ暗になった感覚は、今でも薄《うっす》らと残っている。

これが死霊のせいなのか、はたまた一瞬だけ視界に入ったコウモリのせいなのか。

周りにはアレンやジョゼの姿はなく、隔離されてしまった状況だ。

今すぐ二人を探すべきだろうが、どこに移動すれば良いか見当がつかない。

それほどまでに、広大な森の領域であった。

「お姉さまお姉さま。人間が来た」

「そうね、イリスちゃん」

そんな困惑しているシズクの前に現れたのは、妖精と思われる金髪のエルフだ。

美しい――同性のシズクでさえ、そう思ってしまうほどの美貌《びぼう》がそこにある。

自然豊かなこの領域も相まって、一つの絵画《かいが》を見ているような気分になった。

「お姉さまお姉さま、この人間倒した方が良い？」

「そうよ、イリスちゃん。魔王様の命令だから頑張らないと」

見とれているシズクを余所《よそ》に、姉妹の間ではシズクへの認識が決まってしまったようだ。

それも、敵として認識されてしまったらしい。

やはり、ここは地下ダンジョンの中であると再認識させられる。

このエルフの姉妹も、自分を殺そうとしている立派な敵であった。

シズクは、敵意を見せつけるように剣を抜く。

「エルフさん。今すぐ逃げるのなら、見逃《みのが》してあげるわ」

「ティセお姉さま、何か言ってる。自分の立場が分かってないみたい」

「まあまあ。人間だから仕方がないんじゃないかしら」

シズクのハッタリも、二人には全く効果が見られない。むしろ小馬鹿にされているくらいだ。

自分たちの能力に、絶対の自信を持っている故の態度なのだろう。

数的不利に加えて能力差まであるとしたら、かなり厳しい戦いを強《し》いられることになる。

「《妖精使役《ようせいしえき》》」

先に動いたのは、エルフの姉妹の方だ。

イリスと呼ばれた妹の方は、数匹の妖精《ようせい》をシズクに向かって仕掛けさせた。

何ともエルフらしい能力であり、範囲攻撃の乏しいシズクには厄介な戦い方である。

「《繚乱斬《りょうらんざん》》！」

妖精がどのような能力を持っているか分からない今では、不用意に近寄らせるわけにはいかない。

鍛え抜かれた剣術で、トンボほどの大きさの妖精を切り裂く。

器用に切り裂いた妖精は、美しさすら覚える光を放って消えた。

イリスの使役できる妖精の量に限界があるのかは不明だが、シズクにはこの作業を続けるしか選択肢が残されていない。

しかし、集中力が切れ始めてきた二十四目で事件は起きる。

「――キャア⁉」

突然腕に走る痛み。

その箇所を見ると、シズクの剣術から逃れた妖精が張り付いていた。

何とか引き剥《は》がそうとするも、既に手遅れになっている。

その妖精は、皮膚に溶けるようにして内部へと消えていく。

皮膚と同化した――という表現がピッタリだった。

「――か、体が」

妖精が内部に入ったことで、シズクの体は雷に打たれたかのように痺《しび》れ始める。

麻痺《まひ》状態になった時の典型的な症状だ。

耐性によって長年味わっていなかった症状が、まるで復讐《ふくしゅう》するかのようにシズクの体を走った。

「お姉さま、作戦成功！　褒めて褒めて」

「よしよし。《精霊使役《せいれいしえき》》」

ティセは、イリスの頭を撫《な》でる片手間に精霊を呼び出す。

エルフらしく、姉妹揃《そろ》って使役する能力だ。

妖精の方は何とか防いでいたものの、麻痺してしまった今では、逃げることすらできない。

目の前で新たな精霊が、自分の腕に溶けてゆく。

「――ウッ！　ウプッ……」

シズクに訪れたのは、押し寄せるような吐き気だった。

死んでしまった方が楽とさえ思えるほど、体が悲鳴を上げている。

（状態異常にステータスダウン……!?　まさか同時にやって来るなんて――とにかく、このままじゃヤバい！）

シズクは、この状況の恐ろしさに気付く。

敵の拠点の中、敵の目の前で何も抵抗ができない状態に晒《さら》されている。

煮るなり焼くなり――拷問《ごうもん》するなりこの化け物たちの自由だ。

動けないまま生かされているというのが、何よりも恐ろしかった。

「お姉さま、この人間はどうするの？」

「そうね……それに関しては何も言われてないから、ロゼにでもあげようかしら」

「それは有効活用。お姉さま天才」

シズクは薄れゆく意識の中で、これから自分の身に起こることに恐怖するしかできなかった。

＊＊＊

「……ここはどこだ？」

ジョゼが立っていたのは、寒気がするほど死霊に囲まれた領域だ。

隣では魂を抜かれたように倒れているヒーラー。攻撃を受けたのか、それともただ耐性がなかっただけなのかは分からないが、この場に敵がいるということだけは理解できる。

「こんにちは。やっぱり人間だったね」

「…………お前、どこかで見た顔だな」

「ギクッ」

困惑しているジョゼの前に現れたのは、どこかで見たことのある顔をした茶色の髪の女だった。

ジョゼが記憶しているということは、ただの人間であるはずがない。

たった一人だけ――よく似ている人物が頭の中に浮かんだが、それは過去の人物であり、ここにいるわけがないと切り捨てる。

「まあ良い。それよりもこのダンジョンについて聞きたいが、そうはいかないんだろ？」

「ごめんね。その代わり、あの二人みたいには苦しまないだろうから許してね」

この言葉が、戦いの始まりの合図となった。

ジョゼは短剣を取り出して構えを取る。

腰を落とし、肩の力を抜くことでスピードを最大限まで引き出すことが可能だ。

人体の急所を知り尽くしたジョゼは、この戦い方で何人もの人間を屠《ほふ》ってきた。

今回も同じように屠るだけである。

そして、ジョゼが襲いかかろうとした瞬間。

「――あ、リヒト。どこ行ってたのー」

「ごめん、ドロシー。フェイリスと話してた」

「リヒト!?　どうしてお前がここに！」

目に入ってきたのは、決して忘れられないであろう顔だった。

処刑され死んだはずのリヒトが、何故かこちら目掛けて走ってくる。

最初は見間違えかとも疑ったが、近付くにつれて段々そのような考えは消えてゆく。

ここまでそっくりな別人がいるだろうか。

完全にリヒト本人だ。

「ジョゼ!? お、お前こそどうしてここに……」

「先に質問したのは俺だ……処刑されたんじゃなかったのか……?」

「されたさ。生き返ったけどな」

それより――と、リヒトは口を挟む。

「お前がいるってことは、アレンもいるってことだろ? アレンは今どこにいる。俺はアイツと話がしたい」

「そんなのこっちが聞きたいくらいだ! 俺たちをバラバラにしたのは、お前らの作戦じゃないのか?」

「…………そうだったな。すまない」

リヒトは心を落ち着かせるため、深呼吸するよう緩やかに息を吐く。

ジョゼが言っていることは、至極真っ当な主張であり、リヒトは返す言葉が見つからない。

あまりの衝撃に、考えをまとめられていなかった。

「ジョゼ。俺が処刑を宣告される時、お前はいなかったよな? お前は……俺が処刑されることを知っていたのか?」

「信じるか信じないかは自由だが――俺は知らなかった。お前が処刑されたことを知ったのは、アレンから金をもらった時だ」

「その時どう思った？」

「戦力が減った」

「やっぱりお前はそうだろうな」

リヒトはついつい笑いそうになってしまう。

ジョゼの考え方は、リヒトが一番知っていると言っても過言ではない。

冒険者という職業に関して、アレンやシズクの倍以上も真面目である分、仲間に対しての興味が日々薄くなっていたのだ。

リヒトも、冒険者として勤勉と言えるような人間ではなかった。

そのような三人と同じパーティーであることに、いつしか嫌気がさしていたのだろう。

嬉しいとまではいかないものの、ショックも大きくなかったはずである。

ジョゼが答えを飾っていないことに、リヒトは少しだけ好感を持ってしまった。

「今度は俺の質問に答えろ。何故お前が生きていて、しかもこんなところにいるんだ？」

「さっきも答えた通りだ。俺は俺自身のスキルで生き返った。この魔王軍を復活させたのも俺だ」

「魔王軍だと……？　お前、自分が何をしたのか分かっているのか？」

ジョゼは、リヒトを信じられないような目で見る。

過去に滅びた魔王軍を復活させるというのは、人間からしたらこれ以上ないほどの反逆行為だ。

人間であるはずのリヒトがそのようなことをするなど、どう考えても理解できない。

「お前がしたことは、人間界の歴史にも残るほどの重罪だぞ！」

「知ったことか」

「国王がこのことを知ったら、どのような手を使ってでも潰しに来るだろう」

「望むところだ」

リヒトが表情を変化させることはない。

たとえ歴史に残るほどの反逆行為だとしても、今のリヒトにはどうでも良かった。

もう二度と、人間界に戻ることはできないのだから。

「――そうか。分かった」

ジョゼはそう言って、懐から一つのアイテムを取り出す。

それは、ダンジョンなどから脱出するための転移アイテムだった。

このアイテムがあれば、ダンジョンの外まで一瞬で移動することが可能である。

リヒトが魔王側についてしまったということを人間界に伝えるためにも、ジョゼは絶対に生きて帰らなければいけない。

動き出したドロシーの攻撃に、ギリギリ当たらないタイミングで。

ジョゼはアイテムを使用した。

＊＊＊

「……チッ、妨害用の結界か……」

転移自体には成功したジョゼであったが、転移先は明らかにダンジョンの内部である。

入口まで転移するつもりであったものの、妨害用の結界に邪魔されてしまったらしい。

ここからは、慎重に歩いて出口まで向かわなければならなかった。

「……このエリア、死霊がいないぞ。どういうことだ」

この領域に転移してしばらくすると、ジョゼはある変化に気付く。

不自然なほど本が多いこの領域には、死霊が一匹もいなかったのだ。

普通ならありがたい話なのだが、このダンジョンだとそれが逆に恐ろしい。

ジョゼはもう一段階警戒を強める。

「あ、人間なの。こんにちは、なの」

「――！」

運の悪いことに、ダンジョンの中で敵に出会ってしまった。

こうなってしまったら、戦うしか選択肢が残されていない。

易々《やすやす》と見逃してもらえるほど、ここの敵は甘くないはずだ。

たとえ何も武器を持っておらず敵意がなさそうな少女でも、今のジョゼの前では、頭に血が上った大男と扱いは同じである。

熟練の技で確実に殺す――それだけだ。

「――悪く思うな」

ジョゼは、自慢のスピードで少女の背後へと回る。

普通なら抵抗しようと動くものだが、その少女はまるで死ぬことを望んでいるかのように、身をジョゼに預けていた。

そしてそのまま――腋《わき》の下、首、心臓の順で短剣をなぞらせる。
正確に急所を抉《えぐ》ったその攻撃に、少女が耐えられるはずもない。
大量の血を流しながら。
少女――そしてジョゼは死んだ。

＊＊＊

「国王様。ダンジョンの調査に向かわせた冒険者と連絡が途絶えました」

「……何かあった――と、考えるべきだろうな。嫌な予感はしていたが、まさか……」

国王は頭を抱える。

あのダンジョンから確認できた魔力は、並のパワーではなかった。

心の隅で間違いであることを祈っていたが、今回の調査で証明されてしまった。

「国王様。あの冒険者たちは、Ｓランクの称号を持つ者たちです。ダンジョンには、かなりの化け物が潜んでいると考えてもよろしいかと」

「そんなことは分かっている。問題は、その化け物が我々の敵なのかどうかだ。もし敵だとするならば……戦いは避けられないだろうな」

国王が危惧《きぐ》していたのは、ダンジョンに潜む化け物がこの国に攻めてくることだ。

もし戦うとなったら、この国は甚大《じんだい》な被害を負うことになるだろう。

それどころか、人間界全体の大ダメージとなるかもしれない。

「一応ですが、隣国だけでなく、エルフの国にもこの情報を伝えておくのはいかがでしょう。これは、種族を超えた問題になるかもしれません。距離も遠すぎるというほどではありませんし」

「エルフの国だと……？　あの者たちはどちら側につくか不明だ。少々危険だと私は思うがな……？」

「ですから、早いうちに我々の味方につけておきましょう。彼らの戦力は必ず役に立ちます。彼らだって、得体の知れない化け物は不安でしょうし」

「なるほど」

こうして、国王は隣国やエルフの国に送る手紙を書き始める。

自分たちと同等――もしくは格上の相手を出し抜くには、こういった裏の準備が必要不可欠だ。何か問題が起きてから嘆いていたのでは、あまりにも遅すぎる。

「国王様。エルフの国に声をかけるのであれば、竜人の国にも声をかけるのはいかがでしょうか？」

「それは……もう少し慎重に考えるべき問題だ。竜人族は危険すぎる。化け物と戦う前に、竜人と戦う羽目になるかもしれんぞ」

「も、申し訳ありません……出すぎた真似《まね》を致しました」

国王は、少し考えてそれを却下する。

竜人を味方につけるというのは、不安材料が多すぎて難しい。

また、人間との関わりも少ないため、まともに話ができるかどうかさえ不明だった。

「とにかく、早急に準備を始めるのだ。調査だったとは言え、化け物たちは攻撃されたかと勘違いしているかもしれん。明日攻めてきたとしても、おかしくないのだからな。不安なことは、一つ残らず潰していくぞ」

不安材料は排除する。

国王の考え方が顕著に表れた瞬間であった。

たとえそれが、人間でも問題でも――冒険者でも同じことである。

＊＊＊

「困ったのぉ」

「どうしたんだ？　アリア」

ディストピア食堂と呼ばれるその領域では、魔王であるアリアが悩むようにしてため息をついていた。

何があったのかは分からないが、リヒトがそれを放っておけるはずがない。

隣の席に座りながら、アリアに話しかける。

「おぉ、リヒト。実はお主も気付いておるのじゃろ？」

「……？　ごめん、全く心当たりがない」

「最近、同じような物しか食べておらんじゃろ？　食料のバリエーションが減っておるのじゃ。引きこもっておるから、仕方ないとも言えるんじゃが……」

確かにアリアの言う通り、ディストピアの食事はワンパターンになってきている。

飽きたとは言わないが、そろそろ変化を求める者が出てきてもおかしくない。

「そもそもじゃが、このディストピアには料理をできる者が少なすぎる。まともなのがティセくらいじゃ。イリスが作った物なんて、食えた物ではないぞ」

「一応聞いておくけどアリアは……？」

「……儂もちょっと自信ない」

なんと、このディストピアには料理をできる者が一人しかいなかった。

リヒトも基本的な料理なら可能だが、そもそものレパートリーが少なすぎるため、大した力にはなれないだろう。

「――あ！」

「でも、今から料理を覚えるってのも難しくないか？　食材だって限られてるし」

「リヒトよ……儂は、全《すべ》てを解決してしまう悪魔の作戦を思いついてしまったかもしれん」

不敵に笑うアリア。

偶然何かを閃《ひらめ》いてしまったらしい。

アリアに関して、賢いという印象を持っていなかったリヒトだが、一応という意味で耳を傾けた。

「最初に聞いておくけど、料理人を蘇生ってわけじゃないよな？」

「当たり前じゃ！」

コホン――と、アリアは話を戻す。

「人間以外の種族と手を組むのじゃ！　そこで、食料や料理人を引き抜けば良い」

「……取り引きってことか？　良いアイデアかもしれないけど、俺たちは何を差し出せば良いんだろう」

「そこは儂に任せておれ。隠しておった宝石や武器などが沢山あるぞ。自分で言うのもなんじゃが、かなりの値打ちがある物ばかりじゃ」

アリアは自信満々に話した。

それほどまでに、この作戦が成功すると確信しているようだ。

「ちなみに、人間以外ってなると、どんな種族になりそうだ？」

「比較的近いところにおるのは、エルフやら竜人やらであったぞ。竜人たちには武器の調整を、エルフたちには食材や料理人を――ククク」

作戦を始める前から、アリアは改良されてゆくディストピアを想像し、満足そうな顔を浮かべている。

捕らぬ狸《たぬき》の皮算用――ではあったが、アリアならいとも容易《たやす》く捕ってしまうのだろう。

こうして、ディストピアの次の狙《ねら》いは決まったのだった。


「――ということで。まずは最初にエルフの国へ行こうと思ってるから、二人の力を借りたいんだ」

「お姉さまお姉さま、どうする？」

「そうねぇ、魔王様の頼みだし……」

アリアの作戦を行うにあたって、リヒトが声をかけたのはイリスとティセであった。

相手がエルフということで、種族の近いハイエルフである二人しか頼める者がいない。

ハイエルフはエルフに対して上位種であるため、完全に従わせるとまではいかずとも話は進めやすくなるだろう。

二人とも嫌そうな顔をしていないところを見ると、エルフの国自体には興味があるようだ。

「ちなみに、料理人の引き抜きに成功したら、ディストピア食堂がかなり豪華になるらしいぞ」

「あら、それは素晴らしいですね。私以外に料理ができる人が増えたら、ディストピアのみんなも喜ぶと思うわ」

「……別にイリスが料理を作ってあげれるのに。魔王様はグルメな人。お姉さまもそう思うでしょ？」

「そ、そうね、イリスちゃんの料理は美味《おい》しかったり……特徴的だったり？」

リヒトの一言によって、何とかやる気は引き出せたらしい。

イリスは少しだけ不満そうにしていたが、ティセのフォローもあってすぐに機嫌を直す。

「それじゃあ、私たちはエルフの国へ付いていけば良いのですね？」

「そうだね。もし何かあったらよろしく頼むよ」

「りょうかい。お姉さま、頑張ろう」

二人の協力は、特に詰まることなく簡単に得ることができた。

＊＊＊

「えっと……これは？」

「私たちのペットです、可愛《かわい》いでしょう？」

「フェンリル――イリスたちはフェンちゃんって呼んでる」

エルフの国へ行くための足として用意されたのは、伝説級の神獣であるフェンリルだった。

正直に言うと、このフェンリルだけでエルフの国を支配できるかもしれない。

アリアは支配することを望んでいないため、恐らくそのようなことにはならないだろうが、侵略者と勘違いされてもおかしくないほどの容姿である。

「安心してください、しっかりと躾《しつ》けてありますから。急に襲ったりなんかはしませんよ」

「……もしかしてビビってる？」

「び、ビビってないから……！」

イリスとティセは、フェンリルを撫でたりして可愛がっているが、近くで見てみると腰が抜けそうになるほど恐ろしい形相をしていた。

チラリと見えている白い牙《きば》は、どれだけ硬い岩でも噛み砕いてしまいそうだ。

鋭く伸びた大きな爪《つめ》は、軽く引っかかれただけでも致命傷となるだろう。

爪だけでも、リヒトの頭の数倍はある。

「あぁ、でも人間の味を覚えたフェンリルは危険という話を、どこかで聞いたことがあるかもしれません」

「お姉さま、フェンちゃんは人間の味を覚えてるのかな？」

「さぁ……でも、リヒトさんなら生き返れるし問題ないでしょう」

「俺になら何をしても良いと思ってないか？　食いちぎられるなんてごめんだぞ？」

何やら恐ろしい情報がリヒトを襲う。

生き返れるとしても、ダメージがないわけではないため、できれば攻撃はされたくなかった。

「大丈夫ですよ。死ぬ時は痛みを感じる時間すらないでしょうから」

「そういう問題じゃないよ！」

「まあまあリヒトさん。落ち着いて落ち着いて。お姉さまの悪ふざけだって」

イリスに背中を撫でられながら。

なだめられるようにして、リヒトはフェンリルの上に乗ることになった。

その背中は、三人が乗っても狭く感じるようなことはなく、文字通り世界が変わって見える。

「ほら、意外と悪くないでしょう？」

「そ、そうだな……迫力は凄《すご》いけど……」

フェンリルが歩き始めると、その振動が電流のようにリヒトの体へ伝わってきた。

二人のように可愛いとまでは思えないが、少しだけ緊張が和《やわ》らいだ気がする。

「ただ、フェンちゃんが空腹状態の時は、乗ると怒りますから気を付けてくださいね」

「それをもうちょっと先に言ってほしかったのと、絶対に餌《えさ》をやり忘れないように」

それからは、フェンリルの機嫌を窺《うかが》いながら、エルフの国へと向かうことになった。

＊＊＊

「はぁー、空気が美味しいですね。やっぱり私もエルフなのかもしれません」

「いや、エルフで合ってるよ」

「ディストピアも良いけど、外の世界もたまには良いかも」

三人は、エルフの国がある森を歩いている。

やはりフェンリルは、エルフたちを驚かせてしまうという結論が出たため、かなり手前で降りることになった。

取り引きをするならば、相手に良い印象を与えることが重要だ。

「あら？　リヒトさん、何か聞こえませんか？」

「……え？　何も聞こえないぞ？」

「お姉さま、イリスも聞こえる。誰かの叫び声、相手は多分大蜘蛛《おおぐも》だと思う」

ティセとイリスの耳は、この森の中で物騒なものを聞き取ったらしい。

人間であるリヒトでは何も聞こえないため、ここからは二人の話を聞くしかなかった。

「叫び声って、襲われてると考えるべきだよな……？　この森の中ってことは、エルフが襲われてるとしか考えられないけど」

「その通りです、リヒトさん。運悪く大蜘蛛と鉢合わせてしまったようですね。獲物として認識されたら、逃げるのはまず不可能でしょう」

「お姉さま、急がないとまずいかも。時間がなさそう」

こっちです——と、ティセは走り始めた。

大人《おとな》しそうなティセだが、走るとかなりの速さである。

素の身体能力が、人間とエルフの違いを顕著に表していた。

「ティセ！　大蜘蛛っていう話だけど、今の俺たちで勝てるのか？」

リヒトが危惧していたのは、今の装備で大蜘蛛に勝てるかどうかということだ。

元々取り引きが目的であるため、戦いをするための装備ではない。

リヒトは、心もとない短剣しか持っていなかった。

大蜘蛛――だけでなく虫との戦いは慣れていないこともあり、つい不安に思ってしまう。

「問題ありません。大蜘蛛でも猛獣でも、動けなくさせたらこっちの物ですから」

「そうか。頼んだぞ！」

頼もしい言葉――大蜘蛛に負けるような二人ではない。

迷いなく向かっているところから、本当に敵として認識していないのであろう。

しばらくティセとイリスの背中を追いかけていると、不自然に大きく開いた場所へ出た。

「……間に合わなかったみたいですね」

「お姉さま、少し遅かった」

そこで見つけたのは、予想通りエルフの娘と大蜘蛛である。

タイミングが良いのか悪いのか――ちょうど大蜘蛛が捕食に入ろうとしている瞬間であった。

既にエルフの娘は死んでいるようで、もうピクリとも動いていない。

同じエルフであるティセとイリスの顔に、怒りの感情というものが浮かび上がったような気がした。

「《妖精使役》」

先に動いたのはイリスだ。

スカートの下から、湧《わ》き出てくるように妖精が現れる。

どこから発生しているのか興味があったが、それを調べようとしたら大蜘蛛と一緒に殺されてしまうだろう。

「《精霊使役》」

それに続くようにして、ティセも精霊を呼び出す。

妖精と精霊が、交わるようにして大蜘蛛の体の中へと入っていった。

「――うわっ！」

ボン――という音を立てて、大蜘蛛の足が一本爆発する。

慌てて逃げようとする大蜘蛛であったが、思うように体を動かせないらしい。

カタカタと不気味に震えているだけだ。

形容しがたい色の液体を撒《ま》き散らしながら、大蜘蛛は簡単に死んでいった。

「リヒトさん、その女の子を生き返らせてあげてください」

「もうやってるよ」

「――あれ？　ワタシ……死んだはずじゃ――ヒッ!?　蜘蛛が死んでる!?」

分かりやすく動揺するエルフの娘。

このような反応になるのも無理はない。

リヒトは、初めて生き返った時の自分を思い出していた。

「落ち着いてください。あの蜘蛛は私たちが倒しました。もう敵はいませんからね」

「――あっ」

ティセは、溢れる母性でエルフの娘を包み込む。

物理的に抱きしめることによって、困惑していた心も落ち着きを取り戻せたようだ。

そのまま、心を開くようにギュッと抱きしめ返していた。

「もしかして、貴女様《あなた》が生き返らせてくれたのですか……？」

「いえ、蜘蛛を倒したのは私たちですけれど、アナタを蘇生させたのは、こちらのリヒトさんです」

「――！　あ、ありがとうございました！」

バッと頭を地面に叩きつける勢いでかしこまるエルフの娘。

その姿からは、精一杯の感謝が伝わってくる。

「お姉さま、せっかくだから案内してもらお」

「あ、案内とはどこに行けば良いのでしょうか……？」

「俺たちはエルフの国に行きたいんです。不安なことが多いので、色々教えてもらえると嬉しいんですけど……」

「それならお任せください！　命の恩人なんですから、ワタシもお力になりたいですし！」

「ありがとうございます――えっと……」

「あ！　ワタシの名前はリリカです！」

リリカという名前が二人の耳に響く。

そして、リリカは目を輝かせて三人の顔を見つめていた。

同じように名前を知りたいのであろう。

「俺はリヒトで、こっちの二人はハイエルフの――」

「ハ、ハイエルフですか!? どうりでこんな綺麗な方々、初めて見ました！」

やはりハイエルフというのは、エルフの中でも伝説的な存在らしい。

リリカの心からは、警戒心というものが完全になくなっていた。


「お姉さま、この国凄い。森に囲まれてて、太陽の光が暖かい」

「そうね、イリスちゃん。こんなに良い環境なら、何度でも来たいくらいかも」

エルフの国へと着いた三人は、本物の自然の空気を存分に味わっていた。

流石のディストピアと言えど、天然の自然に勝ることはできない。

目に優しい木々を見つめ、一本の大樹に背中を預けることで、体全体の悪いものが吸い出されていくような感覚になる。

この国のエルフたちが、遠くからチラチラと三人のことを観察しているが、そんなことが全く気にならなくなるほどの効果だ。

「当分ここから動きたくないですね、リヒトさん」

「お姉さまの言う通り。最低でも、あと三十分くらい」

「……そうだな。少しゆっくりしていこう」

木陰で休憩を取っているリヒトたちは、取り引きに向かうための第一歩を踏み出せずにいた。

足腰の疲れもあるが、木陰の心地良さが一番の敵だ。

イリスに関しては、ティセにもたれかかる形で眠ってしまいそうになっている。

リヒトがこの誘惑に負けてしまった時点で、律する者がもう誰一人いない。

たとえ今大蜘蛛が攻めてきたとしても、この三人を動かすことは不可能だろう。

「――リヒトさーん！」

そんなリヒトたちの元へ、ここまで案内してくれたリリカが戻ってきた。

まだ何も言っていないのにもかかわらず、その顔には笑みが溢れている。

この短時間でどのようなことがあったのかは分からないが、悪い知らせではなさそうだ。

「どうしたんですか？　リリカさん」

「はい！　お姫さまにリヒトさんたちのことを伝えたのですが、ぜひお会いしてみたいとおっしゃってくださいました！」

「ほ、本当ですか⁉」

まさかの収穫。

ここまで理想的に進むとは、流石のリヒトでも予想外だった。

一人のエルフを助けた（死んでしまったが）だけで、これほどの成果を得られるのは、ラッキーという言葉では終わらせられないだろう。

リリカと出会うきっかけとなったティセとイリスには、感謝の気持ちしかない。

「お姫さまは、あのツリーハウスにいらっしゃいます。迷うことはないでしょうが、ご一緒させていただきますね！」

リリカが指をさしたのは、先ほどからずっと気になっていた巨木である。

それは、ツリーハウスと呼ぶにはあまりにも立派すぎるものであり、城と言われても納得してしまうほどだ。

ティセもイリスも、憧《あこが》れの眼差《まなざ》しでそれを見ていた。

「お姉さま、あれくらい大きいのディストピアにも欲しい……」

「そうね、イリスちゃん。ロゼに頼んでみましょうか」

「それは本当にやめておいてやれ……」

隣で、何やら不穏な会話が聞こえてくる。

一応リヒトは止めておいたが、もし止めていなかったら、ロゼにツリーハウス建築の依頼が回っていたであろう。

これ以上仕事を増やすとなると、ロゼは精神的に死んでしまうかもしれない。

心を蘇生させることはリヒトでも不可能であるため、今はこのくらいのことしかできなかった。

「まあ冗談はさておき、お姫さまのところに向かってみましょう。イリスちゃん、あまり失礼なことをしちゃダメよ？」

「分かった、お姉さま」

「……ティセとお姫様——偉いのはどっち？」

「お姉さま」

「分かってない!?」

イリスにマナーを教えるため、エルフの姫の元へ向かうのは五分ほど遅くなってしまった。

＊＊＊

「よし。イリスが最《もっと》も尊敬している人は？」

「お姫さまです」

「取り引きということですが、具体的にはどのようなことですか？」

「私たちが持つ宝石や武器などを使って、貴国の優秀な人材の力を借りることができれば嬉しいです」

「――完璧《かんぺき》ね、イリスちゃん。お姉さん嬉しいわ」

「えへへ」

三人は大きなツリーハウスの入口で、エルフの姫と会う前の最終確認を行っていた。

一番の問題であったイリスも、二人がかりの教育によって最低限のマナーを覚えている。

これで、失礼な態度によって怒らせてしまうということも起きないだろう。

「リリカさん、もう大丈夫みたいです。お待たせして申し訳ありません」

「あ、全然大丈夫ですよ！　むしろ、話が急すぎたくらいですから、これくらいは当然です！」

そう言って、リリカはドアノブに手をかけた。

ここからは、一国の姫がいる領域である。

普段は感じられない緊張感が、リヒトの心を支配していた。

「お姉さま、もしお姫さまに嫌われちゃったらどうなるの？」

「うーん……魔王様が拗《す》ねちゃうかも」

「それは大変……領域から出てこなくなっちゃう」

失敗してしまった時のリスクを考えると、何としてもここは成功しておきたい。

そのために、三人――特にリヒトは大きく深呼吸をして気持ちを整える。


「ようこそいらっしゃいました。私は、アルシェと申します」

「こ、こちらこそ！」

エルフの姫――もといアルシェは、両手を地につけて三人を迎え入れる。

人間の世界でも行われる、最大級の敬意を表す姿勢だ。

ここまでの歓迎は、リヒトの予想を遥《はる》かに超えるものであった。

「お話は既に聞いております。我が国のリリカを、大蜘蛛から助けていただいたのですね。お礼が遅くなってしまい、本当に申し訳ありません」

「そ、そこまでしなくても大丈夫ですよ！」

アルシェは深々と頭を下げる。

一国の姫にここまでさせてしまうとは、リヒトの頭はもうパンクしてしまいそうだ。

イリスも、シミュレーションとは全く違う展開に珍しく戸惑っていた。

「本当になんとお礼を言ったら良いか……大蜘蛛には私たちも困っておりました。どうにかして倒そうとしていたのですが、まさかこのような形で」

アルシェは、そう言って頭を上げる。

その美しい目が、再びリヒトの顔を見つめていた。

優しさもあり、また力強さも持っている。

知能を持たない魔物ですら一瞬で虜《とりこ》にしてしまいそうな眼差しは、リヒトでも例外ではない。

時間が経《た》つにつれて、どんどんアルシェに惹《ひ》かれていった。

「リヒト様……ですよね？」

「は、はい！」

「今回のことは本当にありがとうございました――それで、何か大事なお話があるということを聞きましたが……」

「そ、そうでした！」

アルシェに促される形で、リヒトはアリアの指示を思い出す。

本来なら自分から切り出さないといけない話であったが、あまりの美しさに気を取られていたらしい。

「私たちが持つ宝石や武器などを使って、貴国の優秀な人材の力を借りることができれば嬉しいです」

リヒトが口を開く前に。

先ほど練習した言葉をイリスが口に出した。

一言一句間違っておらず、練習通りと言われれば練習通りなのだが、少しだけ不自然なタイミングである。

キョトンとしているアルシェだったが、すぐ優しさのある顔に戻ったことから、何かを察してくれたのだろう。

フフ――と、子どもを見る母親のような笑い方だ。

「宝石というのは嬉しいところです。私たちはそういうものに弱いですから」

「アハハ」

「なんちゃって」

「アハハ……」

からかわれてしまった。

大人の雰囲気が溢れているアルシエから、まさかこのような冗談が飛び出してくると思っていなかったリヒトは、実に恥ずかしいスカされかたをしてしまう。

「実を言うと、この国には外の世界を見てみたいという子たちが多いのです。派遣というのであれば、喜んで参加すると思います」

「ほ、本当ですか！」

アルシエは、何も隠すことなく正直に答えてくれた。

リヒトがアルシエの立場なら、できるだけ渋って、さらなる好条件を探っていたであろう。

大人《おとな》の余裕というのを、ヒシヒシと感じさせられる。

「でもリヒトさん。このまま一方的に話を呑《の》んでもらうというのは、流石にいけない気がします」

「確かにそうだよな……」

「であれば、今回のように外敵を退治してくださったら嬉しいです……私たちは争いを好みませんので」

アルシェの提案は、とても単純で簡単なものだった。

ちょうどディストピアには、戦いを求めてウズウズしている魔王がいる。

悩む時間は一秒も存在しない。

「お姉さま。それなら簡単だよね」

「そうね、イリスちゃん。リヒトさんも、それでよろしいですか？」

「勿論《もちろん》大丈夫だよ」

「それでは早速向かわせましょうか。いい子たちばかりなので、心配しないでくださいね。あと、魔王様にもよろしくと言っておいてください」

話が終わった後のアルシェの笑顔は、いつまでもリヒトの頭の中に焼き付いていた。


リヒトたちの帰り道も、好印象な彼女の話で持ち切りだった。

一国のトップであるため話しにくい――などということはなく、アルシェは聞き上手《じょうず》で話し上手な存在である。

「いい人だったなぁ。アリアにも見習ってほしいよ」

「リヒトさん、そんなこと言っちゃダメ」

「まあまあ。魔王様には、また違った良さがありますから――あ、でも」

そういえば――とティセは続ける。

「アルシェさんは、魔王様によろしくと言っていましたけど、私たち……魔王様のことなんて教えてなかったですよね？」

少しの沈黙の後。

まあいっか――と、三人とも思考を放棄することになり、それからは関係のない話で帰り道を過ごすことになる。

エルフのことはなんとかなった。次は竜人族だ。

次の行き先のことでリヒトの頭の中はいっぱいだった。

＊＊＊

「何だか、外に出るとリフレッシュしたような気分になりますね！　リヒトさん！」

「そうだな……えっと、たまには休んだ方が良いと思うけど……」

ディストピアに戻ったリヒトは、すぐにロゼとともに、竜人の里へと向かっていた。

本来はリヒトが一人で行く予定であったが、そこで急遽《きゅうきょ》名乗りを上げたのがロゼである。

身を粉にして働いているロゼの仕事が、一旦片付いたのがつい先日のこと。

仕事の疲れをリフレッシュするための外出――というよりかは、何か仕事をしていないと落ち着かないというロゼの心を満たすための外出だ。

日光を効率良く集めてしまいそうな、漆黒の傘《かさ》をさしながらリヒトの隣を飛んでいる。

「それより、まさか空を飛ぶ日が来るなんて、考えてもいなかったよ」

「そうなんですか？　実際、空を飛んでみると楽しいですよね」

リヒトは、服を掴《つか》むコウモリの力を感じながら、世間話のように話しかける。

歩いて竜人の里に行くとなると、やはりそれなりの時間がかかってしまうため、今回はロゼの力を借りて空の旅をすることになった。

ロゼはヴァンパイアの翼を使って、スカートがめくれないよう器用に飛ぶ。

リヒトは、ロゼの使役しているコウモリに掴まって（掴まれて）初めての空中を味わっていた。

「ロゼって日光に当たっても大丈夫なのか？　一応ヴァンパイアだろ？」

「大丈夫ですよ。もう日光が弱点なんて時代は終わりました」

「そうなのか……」

自慢げにリヒトを見るロゼ。

しかし、素肌を出さないような長袖《そで》を着ていることから、弱点ではないものの苦手ではあるようだ。

頭にも、日光が大嫌いだと言わんばかりの大きな帽子を被っている。

「そうだ、リヒトさん。竜人の里に着いたら、まず何をするんですか？　いきなり襲われたらどうします？」

「いきなり襲われたら……戦うわけにもいかないしなぁ……」

「え？　戦ったらダメなんですか？」

「うん。武器や防具を加工してもらいたいから、竜人と仲良くなってほしい――って、アリアが言ってた」

復活したばかりのディストピアには、武器や防具を作れるような設備が整っていない。

竜人と親交を深められれば、来てもらうことは不可能でも、依頼くらいはできるはずだ。

今回は竜人に興味を持ってもらうために、アリア秘蔵の武器まで貸してもらっている。

そう簡単に失敗するわけにはいかなかった。

「あ、リヒトさん。竜人の里が見えてきましたよ。掴まってください！」

「――へ？」

どうやって下りれば良いのか分からずにいるリヒトを、ロゼは飛び込む形で抱きかかえた。

これからは、ロゼの翼で着陸することになりそうだ。

手を離した日傘は、ポンという音を立ててコウモリに変わり、そしてまた音を立ててアクセサリーへと変わる。

「到着ですよっ！」

「お、おう……」

ロゼの声が、キーンとリヒトの耳の中で響いていた。

＊＊＊

「ん？　ラルカ姉さん、どうかした？」

湖に立つ竜人の姉弟。

そこで、姉であるラルカは何かを感じ取ったように手を止める。

現在、罠《わな》にかかった魚を回収している最中であり、それを中断するほどの出来事だ。

弟であるカインも手を止めざるを得ない。

「いや、何か嫌な予感がしたような――しないような？」

「……？」

「ごめん。でも、今日も早く帰った方がいいかも」

カインの質問に、かなり曖昧《あいまい》な答えを返すラルカ。

いつもはハッキリとした性格であるラルカが、このようになってしまうのは珍しい。

熱でもあるのかと考えたが、また何事もなかったかのように作業に戻っている。

「……まあいいや。早く戻らないといけないのは本当だし」

「そうそう。お母さん、今かなり大変な状態なんだから」

遊んでいる場合ではない――と、二人は活《い》きのいい魚をカゴの中へ移し続ける。

二人の頭の中にあるのは、病床に臥《ふ》している母親のことだけだ。

早く元気になってもらうため、汗を流しながら一生懸命作業していた。

「お母さん……本当に治るのかなぁ」

「何言ってるんだよ。そもそも、ラルカ姉さんがそんな弱気じゃ駄目だろ？」

「そうだけど……最近ご飯もあまり食べてくれなくなったし……」

ラルカは悩んでいた。

それは当然母親のことであり、弟に愚痴をこぼしてしまうほどである。

弱っている母親は、まともに食事さえとれていない。

栄養を摂取できていないということは、ジワジワと死に近付いているということだ。

いつかパッタリと死んでしまうのではないか――という思いが、四六時中《しろくじちゅう》ラルカの心に居座っていた。

「やっぱり、回復の魔法を使える人を呼んだ方がいいのかなぁ……」

「多分呼んでも意味がないよ。怪我《けが》を治す魔法があったとしても、病気を治すような魔法なんて聞いたことがない」

「そう……だよね。ひ、ひとまず帰ってみようか。もしかしたら、ちょっとでも良くなってるかもしれないし」

そんなことはない――二人は分かっていたが、口に出すようなことはしなかった。

＊＊＊

「竜人の里……やっぱり国というよりも、里という表現の方が合っていますね」

「人間よりかは少数で暮らしてるらしいな」

竜人の里に着いた二人は、チラチラと入口付近で様子を窺っていた。

そこには、かなり個性的な住まいが広がっており、尖《とが》っている家や半球状になっている家など、規則性が見当たらないものばかりである。

石で作られているその家々は、何とも言えない冷たさがあった。

「どうします？　突撃しますか」

「なんでだよ。こういう時は、まず話しかけないと駄目だ。どこかに一人で歩いている竜人を見つけよう」

リヒトは目を凝らして竜人の影を探す。

話ができそうな者——そして、それが一人であればベストだ。

一人であるならば、話だけでも聞いてもらえる可能性が高い。

二人以上になると、戦いになっても勝てるという判断をされ、先手を取るために問答無用《もんどうむよう》で攻撃してくる場合がある。

これまで自分のために蓄えていた知識が、仲間のために使われることになるとは思ってもいなかった。

「あ！　リヒトさん、いました！　えっと……二人ですね。結構若い竜人です」

「二人か……でも、武器は持ってなさそうだし、他に竜人がいないから仕方ないな」

二十分ほど探した結果。

ロゼがやっと二人組の竜人を見つける。

顔や体格はほとんど人間と変わらないが、大きな尻尾《しっぽ》や立派な角が攻撃的なイメージを作っていた。

竜人を生で見るのは初めてであるため、やっと見つけたという高揚感と共に形容しがたい緊張感がリヒトを襲う。

たまたまなのかは不明だが、あまりにも竜人が見当たらない。

あの二人組をスルーしてしまっては、今日中に出会えない可能性だってあった。

妥協という形になってしまうが、危険性がなさそうだと判断し、一応不死身と思われるリヒトが前に出て話しかける。

「こんにちはー……」

「――ラルカ姉さん。人間だ」

「カイン、気を付けて。男の方は人間だけど、女の方は人間じゃなさそう。かなり不気味な気配だよ」

カインと呼ばれた少年は、魚が入っているカゴを地面に置き、爪を立てて威嚇《いかく》のような行為をした。

かなり警戒されてしまっている。

この様子だと、一人や二人組など関係なく戦いになってしまいそうだ。

「おい人間！　一体何の用だ。ここはお前らが来るような場所じゃないぞ」

「そんなに警戒しないでくれ！　俺たちは敵じゃない！　君たちと取引をしたくてここに来た！」

「……商人か。人間の持つものなど、大したことがないのは知っている！　今すぐ引き返すなら見逃してやるぞ！」

「それはこれを見てから言うんだ」

「――あの武器は!?」

カインそしてラルカは、リヒトの取り出した武器に目を釘付《くぎづ》けにされる。

これほどまでに素晴らしい武器があっただろうか。

一目見ただけで分かるほど、それは限りない輝きを放っていた。

これを見逃してしまうほど、ラルカやカインは愚か者ではない。

そして、少しの希望が見えたような気がした。

「ラルカ姉さん。あれほどの武器を持つ人間なら……母さんを治せる薬を持っているかもしれない」

「まさかそんな夢みたいな話……でも、聞いてみる価値はあるかも」

二人の意見が一致する。

リヒトを普通の人間ではないと確信した二人は、藁《わら》にも縋《すが》る思いで一つの望みを賭《か》けた。

「おい人間。例えば難病を治すような、そんな薬を持っていないか？　もし持っているなら——いくらでもいいから、譲ってほしいんだ」

「薬……？　ロゼ、持ってないか？」

「すみません、ニンニクしか持っていません」

「何でよりによってニンニクなんだ……ヴァンパイアなのに……」

薬——それは、今のリヒトたちの荷物とはかけ離れているものだ。

ニンニクは体に良いと聞いたことがあるが、明らかにカインたちの求めている物ではないだろう。

ニンニクを渡したあかつきには、それこそ戦いが始まってしまうかもしれない。

「薬ってどういうことなんだ？　少し話を聞かせてくれ」

「……俺たちの母親は病床に臥している。それを治すための薬が必要なんだ。今持っていなくてもいい。あるなら持ってきてくれないか」

「それは……もしかしたら治せるかもしれないぞ」

「何だと？」

カインの目の色が変わる。

ダメ元で言った言葉に、望み通りの答えが返ってきたのだ。

目では確認していないが、ラルカも同じような反応をしているであろう。

「……どうやってだ？」

「俺のスキルだよ。母親のところに連れていってくれたら、力になれるかもしれない」

「──グッ……もしそんな能力があるのなら、今証拠《しょうこ》を見せてくれ！　それならお前を信用してやる」

最後に。

カインはリヒトの力を確かめるため、一つの試練を与える。

出会ったばかりで信用できるか分からない人間を、易々と母親の前に近寄らせるわけにはいかない。

これは、絶対に必要な過程であった。

「証拠って言われても……これでどうだ……？」

リヒトがそう言うと。

カゴの中にいた魚が、何匹も蘇《よみがえ》ったかのようにピチピチと跳ね始める。

たまたまとは考えられない。

そもそも、確実にトドメをさしたのはカイン自身だ。

カインとラルカの視線は、この一瞬で神を見るかのようなものへと変貌《へんぼう》していた。

「ラルカ姉さん、これって――」

「この方が、救世主……」

突然現れた命を司る存在に。

二人の竜人は無意識のうちに跪《ひざまず》いていた。

＊＊＊

「ただいま」

「おう戻ったか。お？　何だその人間たちは？」

ラルカとカインが戻った家には、三人の竜人が集まっていた。

どうやら母親の看病をしている最中らしく、手には効きそうにもない薬草を持っている。

「この人たちが、母さんを治してくれるかもしれないんだ」

「……何だと？　ただの人間じゃないのか？」

カインの言葉を聞いて。

威嚇するように尻尾を揺らしていた竜人の動きが止まった。

これまでに様々なことを試し、それでも治る気配がなかった病気だ。

にわかには信じられないが、話を聞くだけの価値はあるだろう。

「ただの人間じゃない。それだけは、私とカインが証明するよ」

「ラルカ……本当なんだな……？」

「うん」

ラルカの目は自信で満ち溢れていた。

ここまでの信頼は、そう簡単に得られるものではない。

ましてや、竜人が人間に向けるものと考えたら、十分すぎるほど勝ち取っている。

「分かった。人間、本当に治せるんだな？」

「……少し様子を見せてくれ」

（リヒトさん、どうしますか？　この人を蘇生させたら、元気な姿で蘇るんですよね？）

（あぁ。でも、蘇生させるためには一度死んでもらわないといけない。この囲まれている状態で、苦しませずになんて……どう考えても不可能だ）

期待の眼差しを背中に受けながら、リヒトは医者のような仕草を真似て時間を稼ぐ。

ここで問題になったのは、どうやってこの母親を殺すかというものだ。

明らかにおかしな動きをすれば、即座に攻撃が始まってしまう。

しかし、逆に治療（蘇生）に成功すれば、かつてないほどの信頼を手にできるだろう。

この瞬間が、これからの命運を分ける――ターニングポイントだった。

「リヒトさん、任せてください」

「え？」

ロゼは、覚悟を決めたように一歩分母親へと近付く。

そして、竜人からは牙が上手《うま》く隠れている角度で、母親の首に噛み付いた。

「……おい人間、一体この娘は何をしているんだ？」

「い、今は――脈を測っています。脈拍数によって治療法が変わったりしますので、これは絶対にやっておかないといけないことなんです」

「そうなのか、邪魔してすまなかったな」

あまりにも大胆な殺害方法を、リヒトは何とかそれらしいセリフでカバーする。

バレたくないという気持ちが前に出て、いつの間にか敬語になってしまっていた。

後は、ロゼが殺し終えるのを待つだけだ。

ロゼも不審に思われてはいけないということを分かっているようで、目立たないように血を吸っている。

それによって少し時間がかかっているが、その判断に一つも間違いはない。

「リヒトさん。終わりました」

「良し。《死者蘇生《ししゃそせい》》」

集中しながら、周囲に聞こえないよう、静かに呟いた。

「――っ！」

母親は、バッと悪夢から目覚めるように飛び起きる。

その光景を、この部屋にいる全ての竜人が目を丸くして見つめていた。

「なっ⁉　母さん！」

「嘘《うそ》でしょ……本当に治った！」

カインとラルカもその例外ではない。

蘇生されたばかりの母親に触れることで、やっと今起こっていることが真実だと理解していた。

何が起こったのか理解できていないのは、張本人の母親だけである。

「カイン、ラルカ……体の痛みが消えたけど、一体どういうこと――」

「お母さん！　この人が治してくれたんだよ。どうやったのかは分からないけど、もう大丈夫みたいだから！」

ラルカは、母親へ自慢するようにリヒトのことを紹介する。

母親からしたら初対面の人間だが、周りの反応からして命の恩人で間違いはないらしい。

自分でも完治を諦《あきら》めていた難病を、眠っている間に治してしまうなど、もはや神の領域だ。

体には後遺症すら残っていない。

あの時の痛みを、思い出すこと自体が難しいほどである。

まるで、過去の自分がリセットされ、新しい自分が始まったかのような感覚だった。

「あの……お名前を……」

「あ、リヒトです。こっちはロゼ」

「よろしくお願いします」

「リヒトさん、ロゼさん。ありがとうございます……何とお礼を言ったら良いか……」

母親、そしてラルカとカインは、二人に対して頭を下げる。

竜人が人間――それだけでなく、他の種族に頭を下げるなど、通常では有り得ない事態だ。

それほどまでに、感謝の気持ちを伝えたかったのだろう。

「借りは倍にして返す――というのが、我ら竜人族の信条でして。何かお二人にお礼をしたいのですが……」

遂に来た。

リヒトは、心の中でガッツポーズをする。

魔王かどうかなど関係なく、恩人の役に立てるように力を貸す。

その倍返しの精神——もし戦いになっていたとしたら、これもまた倍にして返されていたはずだ。

ひとまず、全てが上手くいったことに対しての喜びを隠しながら、リヒトは焦らずについでのような言い方で当初の目的を口に出す。

「それなら、武器や防具の加工なんですけど、ぜひ竜人である皆さんの力を借りたいと思っています」

「おいおい。そんな簡単なことでいいのかい？　武器の加工なんて朝飯前だぜ？　なぁ、カイン」

「いや、そうは言ってられないと思う。リヒトさん、あの武器を見せてあげてくれませんか？」

拍子抜けしたような顔をしている竜人とは裏腹に、カインは難しそうな顔をしていた。

リヒトの持つ武器を見たことによって、どれほどの難易度かを理解していたからだ。

「これです」

「——おぉ!?　何だこりゃあ……」

カインとラルカ以外の全員が、武器を見た瞬間にゴクリと固唾《かたず》を呑む。

ここまで立派な物は見たことがない。

何故人間がこのような物を持っているのか——そんなことすら考えられなくなるほど心が惹か

れていた。

「素材は俺たちの方で用意しますから、加工の方はお任せしていいですか？」

「……カイン、ラルカ。こりゃあ当分忙しくなるぞ」

「恩は絶対に返すよ。ね、ラルカ姉さん」

「うん」

こうして、リヒトと竜人たちの間で強固な信頼関係が築かれることとなった。

一気に二つの種族と関わりを持ったと考えると、この時代に復活してから大きな一歩である。

これからは、この二種族を通して行動範囲がかなり広がるであろう。

また、危機に備えて兵力も揃えられるはずだ。

まさに人間たちが欲していたものだということは、今のリヒトたちには知る由《よし》もない。

＊＊＊

「――へぇ。じゃあ、エルフと竜人とはもう仲良くなれたんだ」

「そうだよ。特に竜人なんて、大げさすぎるくらいに感謝されちゃってさ」

「竜人と仲良くなれるとは、流石のボクでも予想できなかったなー。リヒトが何をしたのか、凄く気になる」

「運が良かっただけだよ。助けることができたのはたまたまだし」

定期的な死霊確認の最中――ドロシーとリヒトは、他愛《たわい》のない世間話で盛り上がっていた。

様々な種族がいるこのディストピアで、人間という共通点から共に行動する機会が多くなっている。

人間特有の悩みなども共有できる、リヒトにとって親友とも呼べる存在だ。

「でも、最近の魔王様は外の世界に熱心みたいだね。もしかして、世界を支配しようとしてるのかな？」

「……分からないけど、百年前に痛い目を見たらしいから、その教訓が活《い》かされてるのかもな」

世間話の続きとも言える流れで、ドロシーは最近のアリアを話題に出した。

エルフや竜人という例があるように、今のアリアは他種族を受け入れる傾向にある。

どっちにしろ命令に逆らうつもりはないが、それでも気になってしまうというのが人間の性《さが》だ。

「百年前……そういえば、そんな話があったね。それについて聞くのはタブーだったっけ？」

「ああ。この前聞こうとしたら、怒って部屋に引きこもられたよ。得体の知れない物が――だとか」

「やっぱり何かあったんだろうね……」

「戦力を増やそうとしているのも、本当にその影響かもしれないな。力で支配するようなことはしていないし」

「うーん……」

二人による何の根拠もない考察は、自分たちでもどこへ向かっているのか分からなくなり始める。

実際、本人たちも本気で解明しようとしているわけではなく、暇潰しの一つとして楽しんでいるだけだった。

「戦力で考えたら、まだ人間の国には勝てないのかな。総力をぶつけられたら、数の差で押し切られそうだし。まあ、今の人間界のことはあまり知らないんだけどね」

「これは噂《うわさ》でしかないんだけど、国王が何かを隠し持ってるって話を聞いたことがあるな」

「何かって、武器とかモンスターとか？」

現在のディストピアと人間界を比べると、どうしても人間界の方に軍配が上がってしまう。

個人の強さは圧倒的だとしても、それが潰されてしまうほどの数的不利だ。

「それが分からないから怖いんだ。一応アリアに報告しておいたから、何か対策は考えてくれていると思う」

「調査でもできたらいいんだけどね。リヒトは顔が割れてるし、ボクが行っても厳しそうだ」

「あ、リヒトさんにドロシーさん。こんにちはー」

ちょうど議論が煮詰まってきた頃《ころ》。

何やら急いでいる様子のロゼが、コウモリと共に現れる。

「あれ？　魔王様から招集がかかっていますけど、急がなくて大丈夫なんですか？」

「え⁉　もうそんな時間なのか⁉」

「何だか大変みたいですよ。東の方にいる別の魔王に喧嘩《けんか》を売られたんだとか」

「……ちょっと話しすぎたみたいだね。急ごう、リヒト」

リヒトたちが適当な話をしている間に、戦いの次元はさらに大きくなっていたらしい。

詳細を聞くために、三人は急いでアリアの元へ向かうことになった。

＊＊＊

「…………」

「ア、アリア？　どうしたんだ？」

リヒトが玉座《ぎょくざ》の間《ま》に到着すると、そこにはディストピアの下僕全員の姿があった。

そして、奥ではムスッとした顔の魔王が玉座に座っている。

不機嫌そうに頬杖《ほおづえ》をついており、何か良くないことが起こったのは明白だ。

勇気を出してリヒトが話しかけてみるが、返事はなかなか返ってこない。

「お姉さま。どうして魔王様は喋《しゃべ》らないの？」

「イ、イリスちゃん……！　静かに……！」

「魔王様……心配なの」

「……はぁ」

困惑するリヒトたちを見て。

アリアは鬱憤《うっぷん》を吐き出すようにため息をついた。

次に出る言葉に、全員が耳を研ぎ澄ます。

「……儂は、人間という共通の敵がおる故に、魔族たちが協力すべきじゃと思っておる……そこで、東の魔王とやらに声をかけてみたのじゃが、どうなったか分かるか？」

「まさか……」

「ククク、あやつらやりおったぞ。無視をするだけなら良かったものの、嫌がらせと言わんばかりに攻撃魔法をぶち込んできおった」

「あの時の衝撃は、そういうことだったんですね」

リヒトが眠っている間にあった、ディストピアの入り口爆発事件の正体は、東の魔王による攻撃魔法だったらしい。

特に被害という被害はなかったが、アリアはその行為自体が許せなかったようだ。

「売られた喧嘩は買うしかないぞ。お主ら、準備は良いか？」

「ちょ、ちょっと待ってくれ。こっちの戦力も整ってないんだから、宣戦布告《せんせんふこく》は少し様子を見た方がいいんじゃゃ——」

「それなら、もう既に攻撃魔法をぶち込んでやったぞ。今頃混乱しとるじゃろうな、ククク」

時すでに遅し。

いつ攻めてくるのか分かっていない人間界と並行して、東の魔王との戦いも進めないといけない状況になってしまっていた。

当然、現在のディストピアには、この二つを同時進行できるほどの力は備わっておらず、片方を捨てなければならない。

つまり、人間が攻めてこないことを祈るしかなかった。

「リヒト。何だか大変なことになってるみたいだね」

「そうだな……それに、東の魔王っていうのは人間界にいた頃に聞いたことがあるぞ。生きては帰れないって噂だったからな。ガルガ……って名前だったような気がするけど、アリアは知らないのか？」

リヒトは自分の記憶から、東の魔王についての情報を何とか引っ張り出す。

そしてそれは、戦意喪失に繋がってしまうほど圧倒されるものだった。

ギルドでは、絶対に手を出さないようにという警告までされている。

それも、東の魔王城からこのディストピアの地まで、攻撃魔法を届かせるような魔力を持つ化け物というなら納得だ。

しかし。

幸いなことに、こちらにも同じことをやってのける化け物がいるため、まだ負けと決まったわけではない。

現状――二人の魔王が互角である分、下僕であるリヒトたちで差をつけるしか道が残されていなかった。

「残念ながら記憶の中にはおらんな。そもそも、魔王の座は一子相伝《いっしそうでん》していくものじゃ。どうなっておるのかはもう分からん」

「そ、そうなのか……」

「まあ、儂は後継ぎなど作らんがな。それに、魔王城の場所は大体覚えておる」

攻めるべき場所は既に分かっている。

この場にいるアリア以外の者は、避けられない戦いにゴクリと唾《つば》を飲み込んだ。

「お姉さま……本当に戦いになるの？　イリス、負けるの嫌」

「大丈夫よ、イリスちゃん。リヒトさんがいれば、少なくとも負けることはないんだから」

「お、そうじゃった！　リヒト！　お主がこの戦いで一番重要な役割なんじゃからな！　しっかりと働くのじゃぞ！」

ビシッ――と指をさされるリヒト。

優秀な者たちが集うこのディストピアで、まさか自分に大きな仕事を任せてくるとは考えていなかったため、数秒間はリアクションすることができなかった。

「詳細は一々言わんでも分かっておるじゃろうが、お主はこやつらが死んでしまったら、すぐに蘇生してやってくれ。特にフェイリスはな」

「分かった……頑張るよ」

「うむ！　期待しておるぞ」

リヒトはフェイリスと目を合わせる。

すると、フェイリスはグッと親指を立てて、信頼関係のジェスチャーをしていた。

いつも無表情のフェイリスが、初めて笑った瞬間だ。

「相方は決まったなの、リヒトさん。ベストパートナーなの」

「……とりあえず頑張ろう」

＊＊＊

「作戦は任意……って言われてもなぁ」

リヒトたちは、東の魔王に勝つための作戦で頭を悩ませていた。

アリアは眠くなったという理由で、既に床《とこ》に就いてしまっている。

下僕たちの意見を尊重する魔王だったが、今回もそれが彼女たちの悩みの種となっているようだ。

「どうするの、リヒト？　時間はないみたいだけど」

ドロシーの言葉を聞いて、さらにリヒトは深く考え込む。

東の魔王がいつ攻撃してくるか分からないため、作戦をゆっくり考えられるような時間はない。

先手を取るためにも、明日にはこちらから相手の城へ攻撃できるようにしておきたかった。

腐っても魔王ということで、手練《てだ》れが揃っているはずである。

（噂だと、何人かの幹部的な存在がいるって話だったな——となると、そんなに数は多くないはずだから……うーん、俺たちと同じくらいなのか？）

「わ、私が特攻してもいいですよっ！　それくらいの役には立ちたいですし！」

「いや、ロゼがそこまでしなくてもいいと思う……」

「特攻なら私の役目なの。任せてほしいなの」

「一旦特攻から離れないか？」

妙に特攻することが好きなディストピアの下僕たち。

ロゼの自己犠牲《ぎせい》の精神は、ここでも発揮されているようだった。

フェイリスが特攻する作戦は、なかなか効果的かとも思われたが、できれば手の内は最後まで隠しておきたい。

切り札を一番最初に見せてしまっては、結果的に自分たちが不利になってしまう。

「正面から戦うとしても、七人ってのは少ないよなぁ」

「……ディストピアを手薄にしていいんなら、ボクの死霊を使うこともできるんだけど」

「死霊……意外といいかもしれないぞ。数百体規模の死霊なら、流石に無視はできないだろうし」

特攻から少し離れたところで。

まず名乗りを上げたのはドロシーだった。

死霊を使った戦いは、ネクロマンサーであるドロシーの得意分野だ。

いくら東の魔王と言えど、数百体の死霊を相手にした経験はないだろう。

どのような能力の人材が揃っているのかは不明だが、間違いなく混乱はするはずである。

その隙《すき》ができるだけで、流れはディストピア側に傾くはずだ。

その代償としてディストピア自体が手薄になってしまうが、勝利のためには必要な措置であった。

「お姉さま。イリスたちはどうしたらいいの？」

「私たちは……死霊と一緒に精霊を向かわせればいいんじゃないかしら？」

「分かった、お姉さま」

イリスとティセの仕事はすぐさま決定する。

死霊たちの中に妖精と精霊を潜ませていれば、トラップとして高確率で相手が引っかかるであろう。

不安そうにしていたイリスも、役割が見つかったことでホッと胸を撫で下ろす。

フェイリスは、常にリヒトの傍にいろと命令されているため、特に心配している様子はない。

「あのー、私は何をすれば良いのでしょうか……」

ソワソワとしていたのは、ロゼただ一人だった。

「ロゼは……どうすればいいんだろう」

「このままだと特攻しか残っていないなの」

「や、やはり特攻した方が――！」

「――いやいや！　絶対役割があるはずだから！」

普段からディストピアのため尽力しているロゼに、特攻させるような真似はさせられない。

リヒトは、無理やりにでもロゼに役割を当てはめようと努力している。

「お姉さま、ロゼがかわいそう」

「そうね、イリスちゃん。きっと役割はあるはずなんだけれど……」

「お姉さま。お色気で相手の気を引くってのはどうかな？」

「それは……あんまりじゃないかしら」

「……私、やります」

「頼むから落ち着いてくれ」

悲しそうなロゼの姿を見て、イリスとティセも参戦するが、それでも良案が出てくることはなかった。

お色気というのは、華奢《きゃしゃ》なロゼから最もかけ離れているものだ。

ティセが担当した方が、圧倒的に効果があるだろう。

覚悟を決めたように了承するロゼであったが、ある意味特攻よりもしてほしくない。

リヒトは血迷っているロゼを説得して、納得できる代案を模索する。

今の飢えているロゼに下手《へた》な意見を出してしまうと、逆に迷走から抜け出せなくなるだけだ。

そういう意味では、最初よりも数倍慎重になっていた。

「そうだ。ロゼはコウモリに変身できたなの」

「フェイリス。覚えてくれているのは嬉しいですけど、それは役に立たないでしょうから——」

「……いや、そう決めつけるのはまだ早いかもしれない」

リヒトは何かを閃いたようにロゼの言葉を遮る。

「ロゼ。今からコウモリに変身するってことはできるか？」

「いいですよ——えい」

リヒトの言葉に従って。

ロゼの体は、指先から刻まれていくかのようにコウモリへと変貌していく。

それは、一匹の大きなコウモリになるというわけではない。

腕一本分で、小さなコウモリ十四への分裂だ。

全ての部位がコウモリに変わるまでに要した時間は十秒ほど。

そして、分裂し終わった数十四のコウモリは、各々《おのおの》が自由に領域の中を飛び回っていた。

「こんなこともできたのか……」

「懐かしいなの。昔、この状態のロゼと追いかけっこをしていたけど、永遠に捕まえられなかったなの」

「そりゃあそうだよな」

ある程度飛び回ると、数十匹が群れをなしてリヒトの目の前に集合する。

元々一人の体であったというだけあって、その統率力は見事なものだ。

集まったコウモリたちは、羽音を立てながら融合し、見慣れた華奢な女の子へと戻った。

「――という感じです」

「これは使えるかもしれないぞ……」

「ほ、本当ですか⁉」

ロゼの顔が今日一番に明るくなる。

ジリジリとリヒトに近付き――つま先とつま先がくっつきそうになったところで、ようやくロゼは足を止めた。

「え、えっと……潜入係なんてどうかな？」

リヒトの言葉に、ロゼの目の色が変わる。

距離感のせいでかなり自信なさげな言い方になってしまったが、提案自体は好感触のようだ。

「なるほど。私が東の魔王の元まで忍び込み、一騎打ちに持ち込むということですね。確かにそれなら意表をつけるでしょうし、時間も稼げそうです」

「いや、そこまでしろとは言ってないけど――」

「分かりました！　頑張ります！」

元気の良い返事が、リヒトの言葉を遮るように響いた。

＊＊＊

この世界の七割を占める魔界。

その東側には、禍々《まがまが》しいオーラを放つ城が根を張るように存在していた。

魔界というだけあって、鉢合わせるモンスターは人間界と大違いだ。

イリスの妖精を借りていなければ、フェイリスは簡単に死んでいただろう。

そして、そんな魔物たちですら近付けないのが、この魔王城である。

「リヒトさん。あれが魔王城なの？」

「そうだよ。噂しか聞いたことがなかったけど、まさかあれほど大きいとはな……」

リヒトとフェイリスは、遠くから眺めるようにしてそれを確認していた。

噂以上の大きさであり、多くの冒険者たちがこの場で帰らぬ人となっている。

七人で攻め落とすには、無謀とも言える規模だ。

まだ近付いてもいないのに、体が拒否反応を示してしまう。

空を飛び交っている黒鳥は、常に威嚇するように鳴き喚《わめ》いていた。

「既にドロシーたちが攻撃を仕掛けてくれてるはずだから、今のうちに中に入るぞ」

「了解なの——」

そう言ってフェイリスが立ち上がった瞬間。

キラリと一つの光がリヒトの目に映る。

魔王城の一部屋から、凝縮されたレーザーのようなものがフェイリスの心臓を貫いた。

目で認識できたとしても、回避するほどの時間は与えてもらえない。

そして。

確実に殺すための追撃が、フェイリスの喉《のど》に直撃する。

傷口から溢れている血がドス黒く染まっていることから、ただの攻撃ではなさそうだ。

相当な距離があるにもかかわらず、急所を正確に射抜く芸当は、さすが東の魔王軍としか言えなかった。

(この距離でこのスピード……しかも索敵能力が桁《けた》外れだ……)

フェイリスを蘇生させながら、リヒトは魔王軍の力を思い知らされる。

立ち上がるという僅《わず》かな動きで、こちらの場所まで完全にバレてしまっていた。

これほどの索敵能力を持っている者がワラワラいるというわけではないだろうが、それに匹敵する力を持った者はいるはずだ。

(……攻撃が止まった。相手側も死んだみたいだな)

しかし、戦力の差を嘆いていても仕方がない。

喉を貫かれた瞬間、フェイリスの髪がフワッとなびいて瞳の色が変わった。

きっとこれが《怨恨》の発動する合図なのだろう。

リヒトが見た光は一つだけ――今は相手の目を奪えたということで、ポジティブに解釈しておく。

「ビックリしたなの。リヒトさん、大丈夫だった?」

「ああ。おかげさまでな」

フェイリスはムクリと起き上がり、喉元を確かめるように触っている。

その感覚に異常はないらしい。

しっかりと塞《ふさ》がっている傷跡に満足そうだ。

「少しイレギュラーがあったけどしょうがないなの。リヒトさんも攻撃には気を付けた方がいいなの」

「……そうだな」

落ち着きを取り戻し。

ふぅ――と、一仕事終わったような雰囲気で魔王城へと向かうフェイリス。

これだけ大胆に歩いていても、攻撃してくる者は誰もいない。

敵が混乱している今がチャンスだ。

思い出したかのように駆け出すフェイリスの後ろを、リヒトは追いかけるように付いていった。

(いきなり力を使わされたな……敵が俺たちの能力を理解していなければいいんだけど……)

早々に見せてしまった手の内。

リヒトの頭の中は、それに対しての後悔しかない。

《死者蘇生》のスキルがバレてしまったとしても、戦いに致命的な支障が出ることはないだろう。

それは、相手から対策することができないからだ。

しかし、フェイリスの能力が敵に知られているとなると、全く別の話になる。

《怨恨《えんこん》》のスキルを知られてしまえば、対策はあまりにも容易だ。フェイリスを殺さなければ良いだけのことなのだから。

ある程度の戦闘能力を持っている者がいれば、フェイリスは簡単に捕らえられてしまう。

そうなってしまえば最後。

フェイリスをわざわざ殺すような愚か者はいない——つまり、フェイリスが封じられるということであった。

「フェイリス」

「……？　どうしたの？　リヒトさん」

「これからずっと、俺の近くにいてくれ」

リヒトが出した結論は、あえてフェイリスを守るというものだ。

理想を言えば《怨恨》のスキルは、東の魔王に対して使いたい。

そのためには、能力がバレないように隠し続ける必要がある。

このことを考えると。

東の魔王と対面するまでの間、リヒトがフェイリスを守り切るしか道が残されていなかった。

ただでさえ不利なのにもかかわらず、フェイリスを守りながら戦うというのはかなり厳しい。

それでも。

勝利に繋がるというのなら、ただ実行するまでだ。

「そ、それは勿論……なの。仲間として当然というか……近くにいたいのは私も……なの」

ガクンとフェイリスの走る速度が落ちる。

何故か顔を真っ赤に染めて、リヒトとは目を合わせないように俯《うつむ》いていた。

そして、リヒトの耳では聞き取れないようなセリフを、ボソボソと地面に向けて呟《つぶや》く。

聞き返そうかとも考えたが、戦場の真っ只中《まっただなか》でそのようなことをしている余裕はない。

宣言通りフェイリスを守るように、リヒトもガクンと速度を落とす。

「どんな敵がいるか分からないから、フェイリスも注意しておいてくれ」

「分かった……なの」

復活した時とは別で落ち着きを取り戻した頃。

魔王城の古い扉を蹴《け》り破り、二人は内部へと侵入することになった。

真っ黒なカーペットに導かれるよう奥に進むにつれて、剣を持つリヒトの手に力が入る。

いつ敵が現れても対応できるほどの集中力だ。

心做《な》しか体も軽い。

ただ。

必要以上に体を近付けるフェイリスが、少しだけ邪魔だった。

＊＊＊

「おいおい！　どうなってるんだ！」

東の魔王軍幹部であるドーバは、その場に立ち尽くすことしかできなかった。

同じ幹部として最も信頼していたルルカが、無残な姿で息絶えていたからだ。

どのような手を使われたのかは分からないが、心臓と喉に風穴が開けられている。

正確に急所を射抜いたその攻撃——数秒として耐えられるものではない。

ルルカの索敵能力は、この魔王軍でもトップクラスであり、鍛え抜かれた遠距離魔法で何人もの人間を屠ってきた。

どれだけ敵がいるのか把握できていないのにも関わらず、ここでルルカを失うのはあまりにも痛すぎる。

「すみません、ドーバ様！　アタシが来た時にはもう……」

「チッ、もうこの城の中に入られたってことか……？　どんな奴かは知らんが、ルルカを狙《ねら》ったのは大正解だぞ……」

ドーバは、行き場のない憤りを自分の中に押し留《とど》めた。

ついつい敵を褒めてしまうほど、絶望的な状況だ。

下僕のフィーはどうして良いのか分からずに、アワアワとドーバの様子を窺っている。

「ドーバ様……ルルカ様をどうなされますか？」

「放っておけ。片付けるのは後でいい」

「あ、あの！　やっぱりアタシ、この殺され方はおかしいと思います！」

「……確かに不自然な殺され方だな」

異変に気付いたのは、フィーの方が先だった。

ルルカの殺され方は明らかに常軌を逸している。

そもそも、この部屋には戦ったような形跡がない。

いくら強敵だったとしても、抵抗すらできずに死ぬということが有り得るだろうか。

ましてや、魔王軍の幹部であるルルカが、だ。

「確か、ルルカが敵を殺す時もこのような殺し方だったよな」

「そ、それは、ルルカ様と同じ技術の者が敵にもいるということでしょうか……」

「いや……それにしても、ここまで似ているのか？　なにか――」

その時。

ガシャン――と、扉を蹴り破るような音が城の中に響き渡る。

下僕には聞こえていないようだが、ドーバの耳はしっかりと聞き取っていた。

このタイミングで――なおかつ、このような入り方をするような者の心当たりは一つしかない。

「ここまでか。他の幹部にもルルカのことを伝えてくれ」

「か、かしこまりました！」

これ以上、ゆっくりと会話をしている暇はなかった。

侵入者に一番近いドーバが、相手をすることになるだろう。

フィーに用意させた武器を持ち、足音がする方向へ進む。

ルルカの仇《かたき》として。

侵入してくる者は、一人残らず叩《たた》き切るまでだ。

憎悪に反応して威力が増す《憎剣《ぞうけん》》は、まさにベストコンディションと言えた。

「一応――必要ないかもしれないが、魔王ガルガ様にも報告しておいてくれ。こっち側の侵入者を倒し終わったあと、すぐ合流する予定だ」

「はい！　ご武運を！」

ドーバの勝利を信じて。

フィーは、それ以上言うことなく送り出した。

＊＊＊

「見つけたぞ。この魔王城の中まで乗り込んでくるとは、大した度胸だな」

「――フェイリス。俺の後ろにいろ」

「分かったなの」

侵入すること自体には成功したリヒトとフェイリスだったが、早めの段階で敵に見つかってしまった。

大きめの化け物が一匹。その左右には、小さな鬼が二匹。

逃げ出すことは不可能だ。

東の魔王の元まで、誰にも見つからずに辿り着くことが理想だったが、こうなってしまったら仕方がない。

作戦通り、フェイリスを守りながらこの化け物を突破する。

「俺の名はドーバという。そういえば、妙に死霊が溢れ返っているが、お前たちを倒せばいなくなるのか？」

「さあな。試してみたらどうだ？」

「キサマ！　ドーバ様に向かって、その口のきき方はなんだ！」

「静かにしていろ――そして人間、試してみろと言ったな？」

ドーバと名乗った化け物は、禍々しい剣を見せつけるように抜く。

人間界では見たことがない種類の剣だ。

明らかに邪悪な何かが宿っている。少しでも攻撃を食らえば、致命傷は免れないだろう。

小鬼は、ニヤニヤとリヒトのことを見つめていた。

「――くたばれ！」

憎しみのこもった一振りが、リヒトの髪の毛をヒラリとさらっていく。

咄嗟《とっさ》の防御であったが、ギリギリ間に合ったらしい。

普通に受け止めては力で押し切られてしまうため、反発することなく受け流す形の防御になった。

竜人の手を加えた剣と、リヒトの技術が合わさってできた芸当。

Sランク冒険者として、嫌というほど繰り返してきたものである。

人間以外の相手でも効果はあるようだ。

何とか技が通じるということで、勝利の可能性が少しだけ見えてきた。

「なるほど。剣に関して少しの知識はあるようだな。これまでの人間のような、振り回すだけの馬鹿ではなさそうだ」

「それはどうも」

「しかし。中途半端な実力を持っている者は早死にするぞ。それを今から教えてやろう」

ドーバは剣を片手持ちの状態から、両手持ちの状態に変える。

あの一撃はただの様子見だったらしい。

雰囲気が全く別のものへと変化したのは、人間であるリヒトでも理解できた。

「――セアッ！」

先ほどまでの大振りとは打って変わって。

鉤爪《かぎづめ》のように鋭い一振りが、リヒトの左肩を掠《かす》める。

運良く読みが当たったことによって躱すことができたが、それが二度続くとは限らない。

フェイリスを庇《かば》う余裕など、到底持ち合わせていなかった。

「どうした？　反撃はしてこないのか？　それとも、女を守ることの方が大事か？」

「ご、ごめんなさい、リヒトさん。でも、私は別に死んでも大丈夫なの――」

「フェイリスの能力は魔王までお預けだ。雑魚《ざこ》に逃げられるかもしれないから尚更《なおさら》な」

リヒトの言葉を聞いて、小鬼二匹は顔をしかめる。

フェイリスの能力という単語も気になったが、それ以上に聞き逃せなかったのは、逃げるかもしれないという部分だ。

下等種族として見下している人間に、このようなことを言われ黙っていられるほど、小鬼の心は広くない。

右の小鬼は弓矢に、左の小鬼は剣に力を入れる。

「オイ、お前らが魔王様の元まで行けると思ってるのか？　そもそも、手を抜いてドーバ様に勝てるわけがないダロウが！」

「……フフフ、舐《な》められたものだな。それなら全力でいかせてもらうが、卑怯《ひきょう》とは言うなよ」

ドーバたちの反応として、明確な怒りが感じられた。

相手の冷静さを奪うことに関しては、戦闘中は大きなアドバンテージである。

しかし、この状況では少々マズい展開だ。

「――!!」

三人の攻撃が。

リヒト――ではなく、フェイリスに向けられて放たれる。

庇う形で隙を見せてくれたら万々歳という魂胆なのだろう。

実に魔物らしい考え方だった。

「――フェイリス！」

リヒトが最初に受け止めたのは、禍々しいドーバの剣である。

これぱっかりは受け流すようなことはできない。

ミシミシと腕の痛みを感じながら、フェイリスの前に立って刃《やいば》を重ねた。

「もらったぁ!!」

剣の根元を受け止めることで威力を殺せたが、その分身動きが取れなくなる。

リヒトは、隣を通りすぎる小鬼を目で追うしか選択肢が残されていなかった。

そして最初に。

右の小鬼の矢がフェイリスの左手を貫く。

心臓を狙っていたようだが、冷静さを欠いていたらしく見事に外してしまっていた。

「トドメだ！」

あまりに簡単すぎる相手に、左の小鬼はニヤニヤと剣を振るう。

このメスは戦いに慣れていないのだろう――そんなことを考えながら切り裂いた。

自分の剣技に全く反応できていない。

さながら、いつも使っている試し斬り用の巻藁のようだ。

下っ端として使われていた鬱憤《うっぷん》を晴らすという意味で、フェイリスを何回も何回も斬りつける。

この瞬間だけは、自分が強くなったと思い込むことができた。

「ざまぁみろ！　俺を舐めるからだ！」

小鬼は勝ち誇った顔で、リヒトを罵倒《ばとう》しながら剣についた血を払う。

ここまで自信が持てたのは何年ぶりだろうか。

その流れは本人にすら止められず。

ドーバに押さえつけられているリヒトへ向かって、殺意を剥《む》き出しにしたまま突進していった。

「クソッ……」

そこで、一匹の小鬼が血を噴き出して倒れる。

当然、楽しそうに剣で斬りつけていた方だ。

弓矢を持っていた小鬼は、何事もなかったようにピンピンとしていた。

「――ほぉ」

これらの現象を目の当たりにしていたドーバから、何かに納得するような声が聞こえてくる。

リヒトが考えうる中で、最悪とも言える展開になってしまった。

ドーバに鉢合わせてしまったことから始まり、魔王軍の名に恥じない強さも備えていたこと。

小鬼の存在まで含めると、イレギュラーに好かれているとしか思えない。

「全く同じダメージの受け方だ。攻撃を跳ね返したのか？　それも、攻撃を仕掛けてきた張本人に」

「……」

「どうやら正解のようだな」

やはり気付かれていた。

ゴクリとリヒトは固唾を呑む。

ドーバが伝言魔法を覚えていないという例外を除けば、フェイリスの能力は使えなくなったということである。

「なるほど。ルルカを殺したのは、お前たちだったんだな。あの正確な攻撃が自分の首を絞めるとは……不運な奴だ」

ルルカ――その名前を聞いたことはないが、心当たりならあった。

仇討ちと言わんばかりに、ドーバの剣に力が入る。そして、剣も憎悪の気持ちに反応するように熱を放っていた。

少しでも気を抜いたら、ぺしゃんこに潰されてしまいそうだ。

「――ウッ!?」

突然。

ドーバの剣にかかっていた力が抜ける。

苦しそうな呻《うめ》き声を上げ、目からは血がドクドクと流れ始めた。

ただならぬ様子だ。

ドーバ自身にも、今何が起きているのか理解できていないらしい。

そして遂には、剣を握っているだけの握力もなくなり、剣と同時に床へと落ちていく。

既に息絶えている小鬼のことを考えると、もがくだけの力が残っているドーバの生命力が異常に感じられた。

「リヒトさん、ごめんなさい。死んじゃったなの」

「気にしないでくれ。守り切れなかった俺が悪い。流石に三人相手は無茶だった」

小鬼が死んだのと同じタイミングで復活したフェイリスは、申し訳なさそうな顔でリヒトの元へと近付く。

結果的に作戦は失敗してしまったが、それを責めるような者はここにはいない。

反省するのは、この戦いが終わってからだ。

「……おい。貴様、俺の体に何をした……解毒不可の超猛毒だ……」

「それは――って、伝言魔法で魔王に伝えようとしてるだろ」

「……クク、精々隠そうとしておくがいい……」

その言葉を最後に、ドーバの体はボロボロと毒によって蝕《むしば》まれていった。

この状態異常の効果――イリスの《妖精使役》によるものだろう。

フェイリスの能力に夢中で、ドーバは背後から近寄ってくる妖精に気付けなかったらしい。

「イリスの妖精……少し来るのが遅かったなの」

「ここは分かりにくいから仕方ない――じゃなくて、早くロゼと合流しなくちゃな」

「了解なの」

大役を背負ったロゼのサポートのためにも、リヒトは階段を上り続ける。

ロゼのことだ。

増援を待たずして、東の魔王に戦いを挑んでいてもおかしくない。

時間はあまり残されていなかった。

＊＊＊

「ガルガ様……ドーバ様の魂が……」

「分かっている。面白くなってきたじゃないか」

魔王ガルガは玉座で敵の到着を待つ。

たった今、幹部であるドーバが死んだ。

いつの間にかルルカの気配も消えている。

それに対して、敵を殺したという情報は入ってこない。

久しぶりに現れた強敵だ。

泣きそうになりながら慌てている下僕のフィーとは裏腹に、ガルガはピンチと言える状況を最大限に楽しんでいた。

「なかなか面倒な奴が相手にいるらしいな。肝心の魔王とやらの姿が見えないのは気になるが、まずは雑魚から片付けるとしよう」

この数日間は、常にないほど心が昂《たかぶ》っている。

たまにやって来る冒険者の人間を殺すだけの日々に、ガルガはうんざりとしていた。

世界を支配しようとしても、広すぎてただただ面倒臭い。

そもそも、弱者をいたぶったところで面白くも何ともなかった。

何もやる気がなく、何もすることがない毎日は、戦闘を好む魔王の血には退屈すぎたようだ。

そんな日常を変えたのが一通の手紙である。

差出人は、最近復活したと名乗る魔王。

名前は添えられていなかったため、どのような存在かは不明だった。

協力しようという旨の内容であるが、暇を持て余しているガルガがそれに応じるわけがない。

挨拶《あいさつ》代わりの攻撃魔法で様子を見たところ、見事アタリを引き当てた。

期待通り――ガルガと変わらぬ威力の攻撃魔法で、敵対という返事が返ってくる。

これほど理想的な相手は、百年に一度も現れないだろう。

「ガルガ様……本当に大丈夫なのでしょうか……もしも復活した魔王というのが、百年前に消えたというあの大魔王だったら――」

「心配はいらん。大魔王は地の底で確実に屠られたと聞いている。そうだな、お前は戦いに巻き込まれないうちにどこかへ逃げておけ」

「そ、そのようなことを言わないでください！　アタシもガルガ様と共に――！」

フィーの初めての反発。

ガルガに意見することは、この瞬間が最初で最後だった。

決してガルガが負けると思っているわけではない。

しかし。

言葉にしにくい、直感的な何かがフィーにその言葉を口にさせていた。

「お前がこの場に残ってどうすると言うのだ？　役に立てるという保証はないだろう？」

「それは……そうかもしれません。ですが……」

ガルガは、優しく子どもに接するようにフィーを諭《さと》す。

ガルガの言う通り――フィーがここに残ったとしても、役に立てるどころか、足を引っ張ってしまうはずだ。

この言葉には、粘ろうとしていたフィーも諦めざるを得ない。

足手まといだと言われているようなものなのだから。

「お前は大人しく待っておお……む？」

突如、玉座の間に入り込んできた生物。

それも数十匹であり、人の形をしていない。

敵にしてはあまりにも小さかった。

「ガルガ様！　気を付けてくださ――キャッ!?」

その正体は漆黒のコウモリたちだ。

真っ先に攻撃してきたところから、敵で間違いはないらしい。

ガルガは指一本で弾《はじ》き返すが、フィーは為《な》す術《すべ》もなく噛み付かれた。

一匹に噛み付かれると、それは実質的な終わりを意味している。

残りの数十匹がアリのようになだれ込み、フィーの体を真っ黒に染めた。

「ほぉ」

未知の攻撃を興味深そうに観察するガルガ。

助けることもできただろうが、どうしても効果のほどを確認しておきたい。

それは、フィー自身も望んでいることだった。

「なるほど。そうなるのか」

コウモリたちに貪《むさぼ》られたフィーは、まるで別人かのような姿に変わる。

肌は血の気が引いたように真っ白になり、口からは鋭い牙がチラリと見えていた。

典型的なヴァンパイアの眷属だ。

「ヴゥ……」

フラフラと、ガルガの元へ近付くヴァンパイア。

下僕としての忠誠心が残っているのか、それともガルガの血を吸おうとしているのかは分からない。

しかし、ガルガからしたらただの敵である。

「《滅鬼両断《めっきりょうだん》》」

全く容赦することなく。

ガルガは剣に変形した腕で、ヴァンパイアの首を刎《は》ね飛ばした。

苦しまないように最大限配慮した殺し方だ。

服を欲しがっていたフィーに、魔獣の毛皮をプレゼントして困らせたこと。

フィーが描《か》いたガルガの絵を、軍旗として採用し恥ずかしがらせたこと。

かつての思い出が、ガルガの頭の中を駆け巡る。

下僕として迎え入れてからずっと、不器用な労《いたわ》り方は変わっていない。

この最後の一撃も、ガルガなりの愛が詰まっていた。

「……かなり酷《ひど》いことをするんですね。私が言えたことではありませんが」

「出たな、ヴァンパイア。少しは楽しませてくれよ？」

コウモリから人型の姿に戻ったヴァンパイア。

容赦のなさを見せつけられ、ガルガに対しての警戒レベルが引き上がっている。

ガルガから怒りの感情を読み取れないことが、さらに不気味さを加速させた。

紛うことなき戦闘狂だ。

「私の名前はロゼです。魔王様を侮ったこと——後悔させてあげます」

「知っている。貴様より魔王様とやらと戦いたいのだが。まぁ、暇潰しと考えておこうか」

そう言って、ガルガは優雅な足取りでロゼの元へと近付く。

その姿には魔王らしい余裕があり、アリアと重なるところがあるとロゼは感じた。

「……そうか。貴様も、主人の居場所を知らないのか」

「——なっ!?」

まるで自問自答《じもんじとう》のように。

ガルガは呟いた。

ロゼを動揺させるため、適当なことを言っているだけかとも考えたが、見事に居場所を知らないという情報を言い当てられている。

「この――！」

奇妙な能力を持っている相手に、戦いを長引かせるわけにはいかない。

何かを使われる前に決着をつけるため、鋭い爪を首に目掛けて伸ばす。

どうにかして血を吸うことができれば、《眷属化《けんぞく》》させることが可能だ。

「危ないな。流石に眷属化するわけにはいかないぞ」

「ど、どうしてそれを！」

疑惑が確信に変わる。

ロゼの心の中は、完全にガルガの手の内であった。

眷属化までバレてしまっては、これからの戦いがかなり制限されてしまう。

どうやって乗り越えるか必死に頭を回転させるが、この状況もガルガには筒抜けなのだろう。

「なるほど、まだ諦めないのか。やはりアタリだったようだ」

そう呟いて、ガルガは嬉しそうに立ちはだかった。


これまでの相手は、ガルガの能力を知ると、ほとんどが絶望したように諦める。

ロゼのように、勝利を模索するタイプは初めてだ。

戦闘を求めるガルガにとって、これほど良い相手はいないだろう。

「それでどうする？　お前の考えている通り、魔王の到着を待つのが一番いいと思うぞ」

「――くっ！　静かにしてください！」

またもや言い当てられてしまった心の中。

ロゼは顔を赤くしながら手を伸ばし続ける。

心を読まれたことよりも、アリアに頼ろうとしていた自分が恥ずかしかった。

全く当たらない攻撃も相まって、怒りの感情がドンドンと募ってくる。

「――キャッ!?」

最後の一撃を躱したところで、動きを完全に見切っているガルガは、足を払うようにしてロゼを転ばせた。

冷静さを失っている今では、まるで子どものように尻《しり》もちをつく。

普段の高貴な見た目とは、真逆とも言えるほど無様な姿である。

「いい加減にしたらどうだ? 貴様が本気じゃないのは分かってる。弱者をいたぶるのは趣味じゃないんでな」

「……そうですか」

地面に腰をつけているロゼを見下ろしながら。

ガルガは呆れを隠すように問いかけた。

こればかりは心を読まれたというわけではない。

数多《あまた》の戦闘経験から、ロゼの不自然な動きを感じ取ったようだ。

「余計なお世話です――ウッ!?」

ガルガの言葉を無視して、ゆっくり立ち上がろうとするロゼ。

そのロゼのみぞおちに、ガルガのつま先が深く突き刺さった。

呼吸が止まり、得体の知れない気持ち悪さが込み上げてくる。

今すぐにでも、苦しみでのたうち回りたい。

反撃をすることはおろか、吐くのを我慢するだけでやっとだ。

「本気を出さないのなら、そのまま死ぬぞ。つまらん理由で失望させてくれるなよ？」

「……………分かりました」

お腹《なか》の辺りを押さえながら、何とかロゼは立ち上がる。

何もかも見抜かれているこの状態では、力を隠す意味もない。

近くにディストピアの仲間もいないため、本来の姿になる決断を済ますことができた。

「これは……楽しめそうだ……」

ガルガは息を呑む。

あまりの変貌に、動揺してしまったとすら言えた。

二足歩行は四足歩行へと変わり、口元は限界まで裂けて牙が剥き出しである。

先ほどまでの高貴な少女は、もうどこにもいない。

完全な魔物がそこにいた。

「――ガァ！」

脅威のバネで襲いかかるロゼ。

これまでなら、心を読むことで攻撃のパターンを知ることができた。

しかし、今の状態では何も見ることができない。

野生の本能で行動しているのだろう。

考える知能すらない魔物を相手にしているかのような感覚だ。

「チッ！」

ガルガは、瞬時にロゼの首を掴む。

鋭い爪が腕の肉を抉るが、気にしている場合ではない。

この段階では、まだ眷属化することはないのだから。

接近戦に持ち込まれてしまった以上、多少のダメージは覚悟している。

この戦い——噛まれること以外はかすり傷だ。

「——ヴァアッ！　ギャルルッ！」

牙の隙間《すきま》からポタポタと唾液《だえき》を落としながら、鬼のような形相でガルガを睨む。

魔王を一瞬でも怯《ひる》ませてしまうような迫力。

ガルガの心には、形容できない満足感が湧き上がっていた。

「離れろ！」

腕に走る痛みに耐え、投擲《とうてき》の要領でロゼを投げ飛ばす。

少女の体ということ自体は変わっていないため、まるで羽毛のように軽い。

壁に大きなヒビを作り、ロゼは血を吐いて倒れた。

「オオカミだな、まるで……」

ガルガは自分の腕に残っている傷を見る。

興奮状態により気付かなかったが、半分の肉が抉れてしまっていた。

骨まで見えてしまいそうな傷跡だ。

「グルル……」

早々と復活するロゼ。
ガルガは能力で心を読むも、そこからは恨みの感情しか読み取れない。
この腕のダメージでは、先ほどのように受け止めることはできないだろう。
ロゼが到着するまでの数秒間で、ガルガは覚悟を決める。
「《滅鬼両断》！」
ガルガの一刀。
血で染まっているロゼの右腕を、虫でも払うかのように跳ね飛ばした。
その右腕は、二人分の血を撒き散らしながら宙を舞う。
これで怯むかと思われたが――そうは問屋が卸《おろ》さない。
「――！」
跳ね飛ばされた右腕には目もくれず。
ガルガの首元を狙って、ロゼは抱きつくように襲いかかる。
心を読むことができるガルガ。
想定外の動きをされたのは、これが初めての経験だ。
抵抗する暇すら与えられず、馬乗りになる形で押し倒された。
「ガルァ！」
ロゼは、獣らしくシンプルな攻撃を繰り返す。
しかし、それで首を取れるほど甘いガルガではない。
ツメでの攻撃を器用に弾き、ダメージを免れている。

そこで、違和感がガルガの左腕に走った。

その違和感の正体は――ロゼの牙だ。

「――チッ！」

咄嗟の判断で、ガルガは左腕を切り落とす。

あと少し遅れていれば、血を吸われて眷属化していたであろう。

流石にこの行動は、獣でも予想できていなかったようだ。

反射的に腕から口を離してしまう。

そして、その瞬間を見逃すガルガではない。

「《暗黒撃《あんこくげき》》！」

ガルガの拳《こぶし》が、ロゼの牙へとヒットする。

ヴァンパイアの牙と言えど、魔王の拳の前では分が悪い。

命とも言えるその武器は、あまりにも簡単に奪われてしまった。

「終わりのようだな」

武器を失ってしまったロゼに、もう勝ち目は残っていない。

噛み付いたとしても、血が吸えなければ眷属化させることも不可能だ。

お互いに片腕を失うほど激しい闘争。

血で血を洗う戦いの終わりを告げていた。

「トドメだ」

ガルガの右腕がロゼの胸を貫く。

生命力の高いヴァンパイアを殺すには、心臓を破壊するのが一番手っ取り早い。

この一撃で、ロゼはピクリとも動かなくなる。

「ふぅ……なかなか厄介だった──」

「──おい、楽しそうじゃな」

勝利の余韻に浸ろうとしたところで。

背後から、怒りを含んだような声が聞こえてきた。

＊＊＊

「貴様……いつの間に……」

ガルガの背後にいたのは、妙な言葉遣いをする少女だった。

いつから背後にいたのか──そもそも、どうやって背後を取ったのか。

敵であるのは間違いないが、計り知れない不気味さをまとっている。

「お主が、ロゼとイチャイチャしておった時からずっとじゃ。あそこまで熱いものを見せられたら、こっちまで妬《や》いてしまうわい」

「入ってくるようなことはしなかったんだな」

「そこら辺はちゃんと弁《わきま》えておる。侮るでないわ」

ガルガは朦朧《もうろう》としつつある意識の中、何とか会話によって時間を稼ぎ、体力の回復を行っていた。

失った左腕は仕方がないにしても、残った右腕だけは使えるようにしておきたい。

実際に、右腕の傷は塞がりつつある。

「――なるほどな。貴様が魔王アリアか。かなり優秀な下僕を持っているようで、羨《うらや》ましい限りだ」

「……？　儂は何にも言っていないはずじゃが」

「攻撃魔法のことを、まだ根に持っているようだな。もう少し心に余裕を持った方がいいぞ」

「ああ、分かった。これ以上何も言わんで良い」

話を終わらせるようにして、アリアは戦いの構えを取った。

ガルガの心理戦は、それなりに効果があったらしい。

自分の能力を多少匂《にお》わせることで、アリアの動揺を誘い、戦いにくい状況を作る。

それは、たとえ魔王が相手でも効果的なようだ。

「ところで。回復したいのなら大人しく回復魔法を使った方が良いと思うぞ？　そんなことをしたら、戦いが始まってしまうと思っておるようじゃが、儂はそんな無粋《ぶすい》なことはせん」

まるでやり返すかのような口調で、ガルガの心を読み当てるアリア。

意味のない会話で時間を稼ごうとしていることはバレバレであり、あえて見逃してきたが、もう我慢の限界だ。

戦いを長引かせるのは、好みではなかった。

「そうか。《治癒の光《ひかり》》」

ガルガは素直に従って、右腕の傷を完全に治す。

ここで挑発に乗って、回復を怠るほど子どもではない。

全ての行動が勝利へと向けられていた。

「それじゃあ始めるぞ」

「――食らえ！　《魔滅両断《まめつりょうだん》》！」


「《空間掌握《くうかんしょうあく》》」


ガルガの鋭い攻撃を、アリアは余裕を持って躱す。

見切っているというわけではなく、ガルガの攻撃が遅すぎたのだ。

スローモーションすぎて当たる方が難しい。

この空間は、既にアリアの手の中にあった。

「空間に異変が起きている……何をした……？」

「お主なら聞くまでもないじゃろ。この空間を支配しているというだけじゃ。こんな風にな
――」

ガルガの右手中指。

その部位だけが、正確に弾き飛ばされる。

(何だこれは……まるで見えなかったぞ)

確かにアリアの心には、そこを攻撃するという意思がハッキリとあった。

通常なら、その意志をあらかじめ読み取って躱すなどの行動を取れる。

しかし、今回は反応することすらできない。

意志を読み取った瞬間には、既にアリアの攻撃が終わっているからだ。

カウンターはおろか、躱すような時間さえ与えられていなかった。

「――おっと、不意打ちか」

アリアの攻撃とは裏腹に、ガルガの攻撃は余すことなく躱される。

眼球目掛けて飛ばした二つのトゲは、首を数十度傾ける動きだけで回避されてしまった。

まだ二度目の攻撃であったが、もう二度とアリアに攻撃が当たる気がしない。

もし当たっていれば、眼球に根を張って視力を奪っていたであろう。不意をついて放つこの技を避《よ》けた者は、アリアが初めてだ。

「完全に目で見て回避したな。呆れた動体視力だ」

「儂ではなくお主がおかしいんじゃぞ。この空間でいつも通り動けるわけがないじゃろうが」

「………………俺がスローモーションになってるのか」

「話が早いのじゃ」

圧倒的に不利な状況。

この空間から脱出し、何にも囲まれていない外へ辿り着ければ、シンプルな一対一の勝負にできるだろう。

しかし、それは叶《かな》わぬ願いでしかない。

背中を見せた瞬間に殺されるのが関の山だ。

「ならば、ここで殺すしかないな」

「そういうことじゃな」

「《魔鬼両断《まきりょうだん》》！」

ガルガの渾身《こんしん》の一撃。

それを躱しながら、アリアは一瞬で背後まで回る。

この魔王が相手では、心を読めたとしてもまるで意味がない。

「――そろそろリヒトたちが来るみたいじゃ。終わらせてもらうぞ。心の中を知られたくないのでな」

次々に入ってくる情報。

それは、次に攻撃される部位であった。

右脚、左脚、右腕、背骨――と、情報通りにガルガの体は破壊されていく。

最後に。

心臓という名の死刑宣告によって、戦いの終わりが告げられることになった。

＊＊＊

「アリア！　戦いは終わったのか？」

「遅かったのお。とっくに終わってしもうたぞ」

「そうか……無事みたいで良かっ――ロゼ!?」

最終決戦の地へ、遅れてやって来るフェイリスとリヒト。

そこには、いつも通りのアリアと血まみれのロゼがいた。

アリアに抱えられながら、ピクリとも動かない。

よく見ると胸には大きな穴が開いており、片腕はなくなっている。

その傷跡は、東の魔王との壮絶な戦いを物語っているようだ。

「何をグズグズしておる、早く蘇生してやるのじゃ」

「そ、そうだったな。《死者蘇生》」

あまりに衝撃的な光景に動揺していたリヒト。

アリアに促される形でロゼの蘇生を行った。

胸の傷はあっという間に塞がり、失われた右腕はトカゲの尻尾のように生えてくる。

これによって体の傷は完全に消え、血まみれの服を着替えれば元通りのロゼだ。

アリアが、ペチンと優しく頰《ほお》を叩いたところで、ロゼは眉間《みけん》にシワを寄せながら目を覚ました。

眩《まぶ》しいものを見ているかのような表情。

朝に無理やり起こされた子どもとさえ思える。

先ほどまで、死闘を繰り広げていた化け物とは到底思えない。

「魔王様……にリヒトさんと、フェイリス？　どうして――って！　東の魔王は⁉」

「落ち着くのじゃ、ロゼ。もう倒しておる。よく頑張ったのじゃ」

「ま、魔王様……ありがとうございます……」

頭を撫でながらロゼを抱擁するアリア。

下僕を労《ねぎら》うという意味では、これ以上ないほどのものである。

蘇生直後の困惑も、アリアの胸の中でゆっくりと消えていく。

自分より小さい体であるにもかかわらず、計り知れない包容力があった。

「やっぱりロゼが先に着いちゃったなの」

「そういえば、他の敵はアリアが全部倒したのか？」

「ぶっちゃけると、イリスとティセがほとんど倒しておったぞ。殲滅《せんめつ》するとなったら、やはりあやつらの右に出る者はおらんな」

「凄いな……」

アリアの返答に、リヒトは苦笑いすることしかできない。ドロシーの死霊とともに、確実に殲滅していったのだろう。

正確な数は分からないが、少なくとも百匹以上は敵がいたはずだ。

ドーバも含めた強敵たちを、たった二人で片付けるなど常軌を逸している。

魔王であるアリアが、一目置いているということで異常さが際立っていた。

「リヒトはどうだったのじゃ？　楽な相手ではなかったじゃろうが、フェイリスもおったことじゃし――」

「……まぁ。能力を隠そうとしていたから、手こずったりしたかも」

「素晴らしい心掛けかもしれんが……クク、東の魔王には思考を見抜かれるから、意味のない行為じゃったかもしれん」

「え!?　そうだったのか!?」

あの苦労は何だったのか。

アリアは笑いをこらえながら、衝撃の真実をリヒトに伝える。

東の魔王に、元々フェイリスの能力は通用しなかったようだ。

「気にするでない。良くあることじゃ」

「そ、そうだな……」

ガクリと崩れ落ちてしまいそうなリヒトを慰めるように、アリアは優しく肩を叩く。

このことを、ずっと引きずっていても仕方がない。

「よーし。みんなご苦労であった！　今夜はパーティーじゃぞ！」

「いえーい、なの」

こうしてリヒトたちは、誰も失うことなく勝利を収めたのである。

魔王対魔王。

歴史に残るであろう戦いの結末を知るのは、彼らだけだった。

＊＊＊

「リヒトさん！　お魚の方お持ちしました！」

「ありがとう――」

「リヒトさん、こっちの人手も足りてないなの」

「わ、分かった」

今宵《こよい》のリヒトは大忙しだ。

東の魔王戦祝勝会は、魔王軍の復活祭も含めているため、かなり大掛かりなものとなっている。

ようやく片付けを終えて、少し遅れて祝勝会に参加するリヒト、そしてロゼ。

「まったく……遅いよー、リヒト」

もう既に祝勝会は始まっており、アリアによって半分の食器が平らげられている。

その中でドロシーは、リヒトとロゼの到着を待っていたらしい。

文句を言いながら、やっとフォークを手に取った。

「ごめんごめん」

「何だか良く分からないけど、大変だったみたいだね。お疲れ様――色んな意味で」

「ありがとう。今回はめちゃくちゃ疲れたよ……」

「みたいだね。ボクは外で待機していたけど、悲鳴とかが聞こえてきて凄かった」

「死闘だったからな……」

リヒトは、魔王城の中で蔓延《はびこ》っていた死霊を思い出す。

フェイリスとリヒトが、ドーバとしか鉢合わせなかったのは、ドロシーの死霊による影響が大きいだろう。

「まぁ、勝てて良かったね。負けるとは思ってなかったけど、あそこまで苦戦するとも思ってなかったよ」

「そうだ、ロゼ。東の魔王ってどれくらい強かったんだ？」

「……えっと。動きを読まれてるので、私の攻撃は当たらなくて、魔王の攻撃は当たる感じです」

「それはキツいな……」

リヒトやドロシーが知らないところで、ロゼはとてつもない強敵と戦っていた。

そして、その強敵に勝利したアリアはどれほど強いのか。

実際にアリアの戦いを見たことがない二人では、想像することすらできない。

「ねぇ、リヒト。東の魔王がいるんだから、西の魔王とかもいるのかな？」

「……かつての勇者が封印した――っていう伝説は残ってるよ。嘘か本当かは分からないけど」

「もし戦うってなったら、魔王さんの戦闘を近くで見てみたいなぁ。リヒトが模擬戦みたいなのを申し込んでくれたら、すぐに済む話なんだけど――」

「絶対にしないからな」

リヒトは、ドロシーの願いを食い気味に断る。

確かにアリアの戦闘には興味があったが、体験するとなったら話は別だ。

何をされているのか分からないうちに殺されてしまうであろう。

「――おーい、リヒト。お主もこっちで飲まんかー？」

「……戦わないからな？」

「ちぇっ」

タイミング良くアリアに誘われたリヒト。

期待するような視線をドロシーは向けていたが、しっかりと釘《くぎ》を刺しておいた。

この後。

悪酔いしたアリアに絡まれるのは、別のお話。

第三章　ラトタ国

「国王様、エルフの国から返事は来ていないようです。良い返答は期待できないでしょう……」

「そうか。やはり人間以外は信用できんな。……不本意だが、ラトタ国に協力を求めるとしよう」

「ラ、ラトタ国でございますか⁉」

面白くない情報を届けられた国王は、エルフの国からラトタ国へと狙《ねら》いを変える。

ラトタ国は、この国の隣国として位置している国ではあるものの、交流はほとんどない。

冒険者の育成に重きを置いているという噂《うわさ》を聞いたことがあるが、それすらも真偽は不明だ。

「ラトタ国と交流を深めるいいチャンスだ。あっちからしても、正体不明のダンジョンは無視できないだろうからな」

「な、なるほど。流石《さすが》国王様ですね」

部下は納得するように国王を褒め讃《たた》える。

ラトタ国と交流を深めると共に、ダンジョンの調査までできれば、一石二鳥《いっせきにちょう》では済まされないほどの利益であった。

どこまで上手《うま》くいくかは分からないが、国王ならばとついつい期待してしまう。

「とにかく、ラトタ国の王とコンタクトを取らなければならんな。どうするべきか……」

「使者を送れば良いのではないでしょうか……？　国王様」

「それでも良いのだが、ラトタ国はかなり閉鎖的な国なのだ。普通の使者では、追い返されてしまうだろう」

ラトタ国に関しての情報は限りなく少ない。

国王の存在すら謎《なぞ》のベールに包まれている。

そのせいか、数多くの国がラトタ国との交流に失敗していた。

使者を送るにしても、普通の使者では相手にしてもらえない可能性の方が高いだろう。

「それなら……ラトタ国は冒険者を重視しているとのことですので、我が国の冒険者を向かわせるのはいかがでしょうか……？」

「冒険者……か」

「す、すみません。出すぎた真似《まね》を致しました……」

「いや、なかなか面白い考え方かもしれんぞ。冒険者視点というのは、私たちでは辿《たど》り着けないものだ。ラトタ国と接するための架け橋になってもおかしくない」

国王の反応は、好ましいものだった。

冒険者を使者にするというのは、完全に頭から抜け落ちていた考えらしい。

「それなら、冒険者を選別する必要がありますな。時間はかかってしまうかもしれんが、仕方ない」

「い、今すぐ選別を始めます！」

自分の意見が通ったことへの喜びか――部下は声を弾ませながら仕事にかかる。

こうして。

不可侵のダンジョンへの対策は、再度練り直されることとなった。

＊＊＊

「リヒト。人間界に行ってみんか？」

「ア、アリア？　今、なんて言ったんだ？」

アリアの口から出てきたのは、ついつい聞き返してしまうような言葉だった。

人間界という単語は、今のリヒトの心臓に悪い。

嫌な汗がリヒトの頬《ほお》を伝う。

「じゃから、人間界に面白い場所があると言っておるのじゃ」

「面白い場所って言われても……あの国はなぁ……」

「……？　あぁ、心配せんでも良い。ラトタ国という国じゃから、お主との関係は別にないじゃろう」

ラトタ国。

記憶の片隅に存在していたその国の印象は、不気味という一言だった。

何度かラトタ国の冒険者に関わろうとチャレンジしたことがあるが、その全《すべ》てが失敗に終わっている。

冒険者の質が高いという噂も、結局確かめることができずに終わってしまった。

リヒトが知っているのはこれだけで、全くと言っていいほど情報がない。

普通の国ではないということだけは確かだ。

「ラトタ国がどうしたんだ……？　アリアが興味を持つなんて、相当なことだと思うけど」

「いやぁ、儂《わし》も未《いま》だに信じられんのじゃ。一応聞いておくが、ラトタ国って人間の国じゃよな？」

「そう……だと思う」

「自信なさげじゃな」

アリアの口調から、何かがあるというのは気付いていた。

内戦でも起きているのか、魔物にでも支配されているのか。

可能性はいくらでもある。

「もしかして、ラトタ国の国民は全員が魔物って言うんじゃないだろうな？」

「惜しいのじゃ」

「惜しいのか!?」

冗談のつもりで言った答えだったが、この反応は予想外だ。

魔物が関係しているのは間違いではないらしい。

「ラトタ国の国民は普通に人間なのじゃ。問題はその国王じゃな」

つまり――と、アリアは人差し指を立てる。

「ラトタ国の国王は魔族だったのじゃ」

「……え？」

すぐには、リヒトの理解が追いつかない。

ラトタ国を統治している者が魔族である——確かにアリアはそう言った。

「一応聞いておくけど、魔族が力で支配しているってわけじゃないいんだよな……？」

「違うようじゃぞ。人間に擬態して普通に暮らしておる。儂も初めて見た時には驚いたのじゃ」

驚いたのはリヒトも同じである。

ラトタ国の国民が魔物であったというよりも、衝撃が大きいかもしれない。

それほどまでに、信じられない情報だった。

魔族と人間との間には、どうしても感性の違いというものが存在する。

魔族が国王となれば、確実に問題が発生するはずだ。

国が崩壊してもおかしくないだろう。

魔王ほど力を持っているわけではないが、魔王より何かしらの秀でた能力を持っているらしい。

魔族というのは、いつになっても侮ることのできない存在である。

「魔族が人間に適応してるってことだよな……」

「じゃから気になっておるのじゃ。ただの魔族ではない——というのは確かじゃがな」

アリアの話を聞いていると、リヒトはラトタ国のことが気になって仕方なくなってきた。

これから関わらないであろうと考えていた人間界だが、まだまだ逃《のが》れられる運命ではないようだ。

「儂も一緒に行ってやるから安心せい。ほれ、行くぞ」

「え？　い、今から!?」

「――離すでないぞ！」

リヒトの手を強く握りながら、アリアは窓から飛び立つ。

最初から答えを聞く気はなかったらしい。

リヒトが空を飛ぶのは、これで二回目の経験だった。

＊＊＊

「ベルン様。冒険者たちから、支援の要請があるようです。どう致しましょうか？」

「そうですね。応《こた》えられる範囲で応えるようにしてください。食料に関しては、どれだけ使っても構いません。武器や防具はもう少し考えておきます」

「かしこまりました」

そう言って、部下の男は部屋から退出した。

ベルン様と呼ばれた女性は、このラトタ国を統治している女王だ。

彼女の元に入ってくるのは、ほとんどが冒険者関係の話である。

冒険者の育成などに力を入れているため、仕方ないと言えば仕方ないのだが、それでもここまで続いてしまうと流石のベルンでも疲れてしまう。

「ベルン様、流石です！　冒険者からの信頼は、かなり厚いらしいですよ！　私は、このラトタ国を統治するのがベルン様であったことを、神に感謝しています！」

「ありがとう、アンナ。私もアンナが傍《そば》にいてくれて嬉《うれ》しいわ」

「べ、ベルン様……！　私のようなメイドにそのようなお言葉を……！　私、一生ベルン様に付いていきます！」

メイドであるアンナは、素晴らしき女王の前で忠誠心を表すように跪《ひざまず》いた。

自分はただ傍にいるだけの存在だ。

代わりはいくらでもいるような存在であるにも関わらず、ここまで大切に思ってくれる人がどこにいるだろうか。

ベルンのために何かをするということが、自分に与えられた使命である。

心からそう思っていた。

「もう、アンナったら……無理して嘘《うそ》を言わなくてもいいのよ」

「わ、私の言葉に嘘はありません！　いつもベルン様のことを思って――」

「フフ、冗談よ。アンナが嘘を言わないことは、私が一番知っているわ」

「べ、ベルン様ぁー……！」

よしよし――と、アンナの頭を撫《な》でるベルン。

たったこれだけの行為で、アンナの幸福感は頂点に達してしまう。

人の心の掴《つか》み方を、完全に理解しているベルンだった。

「それじゃあ、アンナ。これから私は大事な仕事をするから、一人にしてもらえるかしら？」

「かしこまりました！　お仕事頑張ってください！」

アンナが落ち着くのを待って、ベルンは部屋から出るように指示をする。

一日一時間。

ベルンが一人になる時間は、確実に確保されていた。

女王が何をしているのか。

気になっている者は何人もいたが、真実を知っている者は誰《だれ》もいない。

「それでは、何かあったらすぐに呼んでくださいね！」

「ありがとう。そうするわ」

「――あっ、ベルン様。一つ聞いてもよろしいでしょうか……？」

「な、何かしら？」

突然の質問に、ベルンは少し構える形で応じる。

このようにして、アンナが質問してくるのは珍しい。

そのため、質問の内容が全く予想できず、少しだけ恐怖心を感じてしまった。

「えっと……どうしてこのラトタ国は、他《ほか》の国と交流を持たないようにしているのでしょうか？」

「それは……この国の伝統が薄くならないようにかしら。冒険者を重視しているのもラトタ国の特色よ。アンナも、ラトタ国から冒険者が少なくなったら嫌でしょう？」

「な、なるほど！　ベルン様はそこまで考えていらしたのですね！　私の愚考をお許しください！」

「大丈夫よ、アンナ。良い質問だったわ」

アンナは、満足したようにお辞儀をして部屋を出る。

その行動が終わるまでを、ベルンはニコニコと見届けていた。

「……ふぅ」

深いため息。

扉が完全に閉まり、しばらくしたところで。

ベルンはスッとベッドの前へと向かう。

そしてそのまま、重力に従ってベッドの中へと落ちてゆき――

「もう疲れたよぉー……仕事多すぎでしょ！　このバカッ！」

己の中に溜《た》まっていた何かを、枕《まくら》に顔を埋めながらぶちまけた。

そこに、凛《りん》とした女王はもういない。

年齢に見合った女性の姿である。

「はぁー……女王になったら楽して暮らせるんじゃなかったのー……こんな面倒臭いなんて思ってなかったんですけどー」

さらにベルンの愚痴は続く。

「人間界ならゆったり暮らせると思ったのにー……なんで人間を助けちゃってるんだろ……」

「――お。リヒト、おったぞ」

「へ!?　え!?　な、なんで!?」

後ろからの声。

誰もいないはずの部屋で聞こえる声には、焦りよりも恐怖が勝っていた。

「だ、誰ですか!?　人を呼びますよ！」

「ん？　魔族なのに人間に助けてもらうのか？」

「……え？」

ベルンの顔が真っ青になる。

これまでずっと隠してきた秘密。

もしバレたとしたら、追放などという甘い処分では済まないだろう。

断頭台に立つ自分の姿を想像しただけで、背中に嫌な汗が伝わっていた。

「アリア、本当にこの人が魔族なのか？　俺《おれ》には人間にしか見えないぞ……」

「まったく……お主みたいな奴《やつ》ばかりじゃから、人間は騙《だま》されるのじゃ」

「な、なんで私のことが分かったんですか！　そもそも、どうやってこの部屋に！」

ベルンはハッと我に返り、アリアと呼ばれた女の子を問い詰める。

ここで弱気になってしまえば、その時点で敗北だ。

舐《な》められないためにも、強気を装うしかない。

演技力には自信を持っている。

これまで人間たちを騙してきたように、今回もこの二人を騙すだけだった。

しかし。


「——わっ！」


突然感じた殺気。

「——ひっ⁉」

気を抜いていたら、ベルンは気絶してしまっていただろう。

動きだけを見るなら、女の子が両手を上げているだけである。しかし、それだけで圧倒的な実力の差が見せつけられた。

「お、尻尾《しっぽ》が出てきたのじゃ。やっぱり妖狐《ようこ》じゃったの」

ボフッと——大きな尻尾が現れる。

ずっと隠していたようだが、アリアの威嚇《いかく》で飛び出てしまったらしい。

ベルンが魔族であるという動かぬ証拠《しょうこ》であった。

「ほ、本当に人間じゃなかった……」

「じゃから言っておるじゃろ。なかなか立派な尻尾ではないか」

「——ちょっ！　触っちゃ——！」

抵抗するように、ベルンはモジモジと体を動かす。

それでも腰が抜けているため、されるがままの状態だ。

モフモフと好き勝手にイジられているが、逃げることすらできない。

「こ、こんなことをして、ただで済むと思わないでください！　私は気高き妖狐であり——」

「儂は魔王じゃぞ」

「……へ？」

ベルンの言葉は途中で止まる。

にわかには信じられないが、アリアの口から魔王という単語が聞こえてきたのだ。

アリアの顔は、ベルンの頭の中にある魔王たちの誰でもない。

東の魔王が死んだという情報が入ってきたのも、かなり最近の出来事である。継承されたと考えてもあまりに早すぎる展開だ。

つまり嘘っぱちである——そんなことは分かっているものの、アリアの持つ雰囲気にベルンは気圧《けお》されていた。

「魔王って……そんなの嘘に決まってるじゃないですか……！」

「よしリヒト。歯を食いしばれ」

「……え——」

アリアのセリフの直後に、リヒトの体は弾《はじ》け飛んだ。

「——な!?」

「これで信じたじゃろ？」

ベルンの顔に、リヒトの血が数滴飛び散る。

アリアが、どのような攻撃をしたのかすら分からない。

完全に格の違いを見せつけられた。

この攻撃がリヒトではなくベルンに向けられていたと思うと、呼吸が止まってしまいそうだ。

「か、彼は！　貴女《あなた》の仲間だったんじゃないんですか!?　殺すなんて、いくらなんでもやりすぎです！」

しかし。

そのような考えも、吹っ飛んでしまいそうな光景が目の前にあった。

まさかこの場で人殺しが行われるとは思っていなかったため、衝撃は数倍である。

若いベルンに、この光景は衝撃が強すぎたようだ。

「リヒトなら死んでおらんぞ」

「…………はい？　だって、完全に死んでる――」

「――アリア！　いきなり攻撃するなよ!?」

「うわっ!?」

死んだはずのリヒトが、何事もなかったかのように起き上がる。

あの血の量で死んでいないというのは、絶対に有り得ない。

しかしそれでも、現実では傷跡すら残っていない。

「別に痛くなかったじゃろ？」

「そういう問題じゃなくて……」

理解の追いつかない出来事が立て続けに起こり、もうベルンの頭はパンクしてしまいそうだった。

「貴女たちは何者なんですか……？　まさか本当に魔王……？」

「最初からそう言っておるじゃろ。まぁ、リヒトは人間じゃがな」

ベルンはゴクリと唾《つば》を飲み込む。

先ほど感じた殺気、力を発揮するまでの圧――そして実際の攻撃力。

どれを取っても、自分とは桁《けた》違いだということが分かる。

この瞬間に上下関係が確定した。

言うまでもなく、ベルンが下である。

自分には分からなくても、魔王と称される存在だということは真実なのだろう。

「……度重なる無礼な振舞い、申し訳ございませんでした。魔王様」

ベルンは少し考えると、床に手をつけて丁寧に挨拶《あいさつ》をする。

命乞《ご》いなどではなく、一匹の妖狐として魔王に捧《ささ》げる敬意。

魔王ともなれば、妖狐など足元にも及ばないほどの上位者だ。

アリアも、従順になったベルンを見て満足そうに頷《うなず》いている。

「うむ。人間界に溶け込んでいるだけあって、なかなか賢い奴じゃな」

「アリアって凄《すご》い魔族だったんだな」

「当たり前じゃ。魔王なんじゃから」

フフン、と自慢げに鼻を高くするアリア。

リヒトに認められたことで、機嫌がかなり良くなっているらしい。

ベルンの失礼な態度も、全く咎《とが》めることなく許していた。

「ベルン様ー！　何か変な音がしましたが、どうかしたのでしょうかー？」

「だ、大丈夫よ、アンナ！　何でもないから、仕事に戻ってちょうだい！」

先ほどの音を聞きつけて、部屋の前に立つアンナ。

その声に、ベルンは素早く反応する。

この状況で部屋に入ってこられたら、アンナの命すら保証できない。

アンナを守るためにも、自分の地位を守るためにも、絶対に部屋へ入れるわけにはいかなかった。

「分かりました！　何かあったら、遠慮なく呼んでくださいね！」

「……ふぅ」

ホッと一息。

アンナが単純な性格であったことに、感謝するしかない。

この単純さが、アンナを近くに置いている大きな理由だった。

「あ、そうじゃ。本来の目的を忘れておった。どうして魔族が人間界に溶け込んでおるのじゃ？」

無事にアンナを追い返すと、思い出したかのようにアリアから質問が飛んでくる。

その質問は至極真っ当なものであり、ベルンもいつか聞かれるだろうと思っていた。

そして、それに対しての答えは、愚痴でもこぼしていたようにシンプルなものだ。

「人間界なら楽に暮らせるかなぁ、と思いまして……実際はそんなことなかったんですけど」

「そんな不純な動機で女王まで上り詰めるとは、感心してしまうのじゃ」

「あ、ありがとうございます。魔王様」

完全に魔王の手下になっているベルン。

まるで懺悔《ざんげ》しているような口ぶりである。

アリアは、呆《あき》れを通り越して感心していた。

「人間界で生きていくのも大変なんじゃな」

「はい……せっかく女王になったのに、こんなに疲れるとは思ってませんでした」

「アハハ、頭が良いのか悪いのか分からんぞ。王という立場が、楽なものであるわけないじゃろ」

王という立場で生きている先輩として、アリアはベルンにハッキリと言う。

後輩の甘い考えは、正そうとお節介を焼いてしまうものだ。

そしてベルンも、しっかりとその言葉を受け止めていた。

「しかし、珍しいものを見れたのじゃ。人間を化かすのは知っておったが、ここまで規模の大きい奴はお主だけじゃろうな。仲間などもいるわけではないじゃろう？」

「いえ、この国の中にも何匹かは潜んでいると思います。少なくとも、人間の国であれば絶対に――私たちはそういう種族なので」

「お、恐ろしいな……全く気付かなかったぞ」

ベルンから聞かされた衝撃の事実に、リヒトはブルリと体を震えさせる。

今までの人生で、何度か妖狐と出会っていたのかもしれない。

妖狐がその気になれば、人間界は内部から壊滅してしまうだろう。

決してそれは他人事ではなく、魔王軍である自分たちも妖狐に化かされないように振舞うことが必要だと認識させられることになった。

「――まぁ、これ以上特にする話はないのじゃ。お主の存在が気になっただけじゃしの」

「な、なるほど」

「……あ。人間界との繋《つな》がりも少しは持っておきたいから、友人という関係になっても良いか？」

「――!?　よ、よろしいのですか!?」

ドキッとベルンの心臓が跳ね上がる。

魔王と繋がりを持てるなど、またとないチャンスだ。

断るという考えすら浮かばない。

たとえ支配下に置かれるとしても、圧倒的強者に守られているのならば、文句の一つすら言えなかった。

「勿論《もちろん》じゃ、妖狐というのは珍しいしの。リヒト、お主も別に良いじゃろ？」

「良いと思う――というか、人間の国のトップと魔王が繋がるって、冷静に考えたら凄すぎるけど……」

「あ。私は人間に思い入れがありませんので、裏切ることは有り得ません！　私の安全だけ保証してもらえれば……」

「任せておくのじゃ」

ここで、絶対に破られない契約が結ばれる。

魔王側と人間側では、どちらにつくかなど比べるまでもない。

自分のことを優先するのは、魔族でも人間でも同じだ。

そもそも、妖狐ということで最初から魔王側だった。

「あの……最後に。どうして、このリヒトさんは魔王様の攻撃で死ななかったのでしょうか……？」

「こやつは《死者蘇生《ししゃそせい》》のスキルで、死んだ者を蘇生《そせい》させることができるのじゃ。見ての通り、自分自身をもな。ベルンが死んでも蘇生させてやるから、先に感謝しておくと良いぞ」

「……凄すぎませんか。そ、それって、不死みたいなものですよね？」

確実な命の保証というのは、どのような宝石よりも魅力的なものである。

ベルンが、永遠に楽をして暮らす夢を見てから数年。

遂にその夢が叶《かな》った瞬間であった。

「それじゃあ、交渉成立じゃな。また今度美味《うま》いものでも食いに来るのじゃ」

「は、はい！　お待ちしております！」

また一人――一国が。

アリアのカリスマ性に惹《ひ》き込まれた。

＊＊＊

「ベルン様、先ほどは何があったんですか？　よく分からない音がしましたけど……」

「何でもないわ。心配してくれてありがとう」

「そ、そんな！　メイド――いいえ！　一人の人間として当然のことでございます！」

アリアとリヒトが帰ったあと。

ベルンは昂《たかぶ》った心を落ち着かせるために、アンナを部屋へと招いていた。

自分でも何故《なぜ》かは分からないが、アンナが近くにいると安心してしまう。

アンナは普通の人間であるため、特別な能力を持っているわけではないだろう。

しかし。

頭ではそう思っていても、現《げん》に落ち着いてしまう自分がいた。

「アンナ、もう少しこっちに来て」

「は、はい」

本当は、今すぐにでも先ほどの出来事を話してしまいたい。

それほどまでに、魔王と繋がれたのは大きな成果だ。

胸に秘めておくしかないモヤモヤ感が、ただもどかしかった。

「何だか……ベルン様、嬉しそうですね」

「……そう？　分かる？」

「はい。私まで嬉しくなってしまうほどです」

ベルンは、流れるようにアンナを隣へ座らせる。

キングサイズのベッドが、二人分の重さで小さな音を立てた。

「アンナ。貴女はこの国のことをどう思う？」

「ラトタ国ですか？　えーっと……凄く良い国だと思います！　色んな人がいて、冒険者の人も強くて――何より、ベルン様が統治しているんですから！」

「フフ……ありがとう、よしよし」

「えへへー」

このようにアンナの頭を撫でていると、心が不思議な意識に包まれてゆく。

女王という立場になってしまってからは、アンナのように友だち感覚で話せるような存在がいなくなっていた。

人とは接するものの、全く楽しくない仕事漬けの毎日。

そんな違う種類の孤独感に包まれているところで現れたのがアンナだ。

メイドとしての能力が秀でているわけではないものの、言葉にはできないような部分の能力で女王のお気に入りまで昇格する。

これも、彼女の才能なのだろう。

妖狐であるベルンが、唯一心を許している存在だと言っても良い。

「あら……アンナの髪が乱れちゃった。クシを貸してちょうだい」

「へ？　ま、まさかベルン様にそのようなことは――」

「遠慮しないで。私のミスなんだから」

アンナは少し考えると、観念したかのように携帯していたクシを手渡す。

ここで断る方が不敬だと判断したようだ。

ベルンは、アンナの肩先までかかっている髪を丁寧に整えていく。

クシを入れる度に、何とも言えない心地良さがアンナの頭を駆け巡った。

もし尻尾があったとしたら、ブンブンと振り続けていたであろう。

「ねぇ、アンナ。ラトタ国じゃなくて、私のことは……どう思ってるのかしら？」

「……？　ベルン様は、私たちのことをしっかりと考えてくださる御方です。私は、この世界で一番尊敬しています！」

らしくないことを言い出すベルンに、アンナは自分の思っていることを正直に伝える。

述べたこと全てが本心であり、嘘は一つも存在しない。

ベルンの他の人間とは全く違うオーラが、アンナを狂信者と呼べるまで惹き付けていた。

「もし私が魔物になっちゃったら、それでもアンナは付いてくる？」

「絶対に付いていきます！」

「がおー！」

「きゃー」

そこには。

女王やメイドの肩書きを忘れた、二人の女の子がいた。

＊＊＊

しかし、数日後――。

「隣国の使者が来ている……ですか？」

「そうなのです、ベルン様。これまでの使者は追い払っていたのですが、どうしてもラトタ国の王にお会いしたいと申しておりまして……」

昼食を食べ終わったベルンの元には、困ったようにしている従者が訪ねてきた。

これまでラトタ国は、他国との関わりを露骨に拒んでいた。

それも、ベルンが妖狐であることがバレないよう、保身に走った結果であった。

様々な言い訳で国民の疑問から逃れてきた過去――今回も、同じように追い返すことになるのだろう。

「どうしても会いたいと言っているようですが、詳しい用件は聞きましたか？」

「はい。正体不明のダンジョンについて――らしいです。無視できないレベルの魔力反応が確認できました。冒険者たちの中でも噂になっているようで……」

「……クソ」

「……ベルン様？　何かおっしゃられましたか……？」

「いいえ、何でもないわ」

ベルンは気を取り直すように一息。

最近、ディストピアというアリアの住処《すみか》を把握したばかりだ。

隣国が気にしているダンジョンというのも、このディストピアがある場所と予想される。

そうとなれば、隣国は敵だった。

「それで……どうなさいましょうか。これまでのように断ることも可能ですが、隣国と協力をした方がダンジョン攻略には良い気もします」

（どうしよう。断ってもいいんだけど……そろそろ厳しくなってるかも。むしろ、魔王様と打ち合わせをして、隣国の冒険者を一網打尽《いちもうだじん》にしたら褒められるかな……）

ベルンの頭の中で、これからの展開がパラパラと繰り広げられる。

冒険者というのも、ベルンからしたら自分を守るための駒《こま》にしか過ぎないため、多少の犠牲《ぎせい》は目を瞑《つむ》る予定だ。

全てのことが、アリアを中心に考えられていた。

「分かりました。使者の方とお会いしましょう。準備をしますので、少し待っててくださいね」

「かしこまりました。使者にもそう伝えておきます」

従者は、その言葉と共に部屋を出る。

恐らく、ダンジョン攻略は協力してほしいと考えていたのだろう。

ベルンの考えが変わらないうちに——と、従者の姿は見えなくなっていた。

「アンナ。着替えるわよ」

「はい！　ベルン様！」

アンナは、クローゼットから数ある服を取り出してベルンの前に立つ。

地味目のものから派手なものまで——その日の気分によって決めていた。

アンナに全てを任せてしまうと、パレードのような服装になってしまった経験があるため、今は取り出す係専門だ。

「こちらの服なんてどうでしょう！」

「……それはピエロ？　何でそんなのがあるのよ……終わったら捨てておいてね？」

「……はい」

しょぼんと落ち込むアンナ。

どうやら、このピエロ風の服に自信を持っていたらしい。

処分されるということを知らされて、重々しくその事実を受け止めていた。

「あんまりふざけている時間はないんだから……それじゃあ、このドレスにするから」

そう言って、ベルンは純白のドレスを選択する。

ドレスは、着るものが決まってからの方が大変だ。

アンナはドレスを着せるための行程を必死に思い出しつつ、クルクルとベルンの周囲を回りながら着せつけた。

「ベルン様、そう簡単に使者と会っても大丈夫なのでしょうか……？　もし危険な相手なら、ベルン様のお体が心配です……」

「大丈夫よ、アンナ。ある程度の男に襲われても、勝てるくらいには強いんだから」

「そうなんですか⁉　流石ベルン様です！」

憧《あこが》れの視線が、ベルンの顔に突き刺さる。

実際に人間の冒険者程度なら、どのランクであっても勝つことは容易《たやす》い。

数で襲いかかられるということも考えにくいため、アンナの心配は杞憂《きゆう》に終わりそうだ。

「でも、もしピンチになったらアンナに助けてもらおうかしら」

「はい！　任せてください！」

自信満々に、アンナは小さな力こぶを作った。

かなり頼りない山であるが、それが可愛《かわい》らしく感じてしまう。

ベルンがプニプニと力こぶを数回触ると、またドレスの着付け作業へと戻るアンナ。

（……あ。思い切って魔王様のダンジョンに向かわせたら、まとめて片付けてくれるかも）

全ての作業が終わるまでの二十分間は、ずっとアリアの前に差し出す冒険者のことを考えているベルンだった。

「女王様！　お目にかかれて光栄です。今回隣国レサーガ国の使者を務めさせていただきます。

Sランク冒険者のガイトと申します」

「初めまして、ベルンと申します。大体のお話は従者から聞いていています」

謁見の間には、なかなか大柄な男が一人立っていた。

他の国と関係を持たないようにしていたからか、謁見の間に入るのはかなり久しぶりである。

たとえラトタ国の国民が訪ねてきたとしても、ベルンが対応するほどの問題ではないため、ほとんど従者に回して解決をしていたからだ。

「用件は、正体不明のダンジョンについてですね？」

ベルンは、話を始めるために対面のソファーに座る。

「その通りです、ベルン女王。お話が早くて助かります」

「それで、我が国の冒険者の力を借りたいというお考えでしょうか？」

「……ハハ。本当にお話が早い」

ガイトと名乗った使者は、困ったような顔で笑う。

自分が言うべきことを、先に全部言われてしまったのだろう。

これから何を言えば良いのか、必死に頭の中で探しているような様子だった。

「実はですね。我がレサーガ国は、そのダンジョンに四人の冒険者を向かわせたのです。しかし、彼らが帰ってくることはありませんでした」

「……なるほど」

「あのダンジョンには、間違いなく化け物が潜んでいます。放《ほう》っておくと、人間界どころか世界まで支配されてしまいそうな気がするんですよ」

ガイトは口調が荒ぶらないように、なおかつ深刻さを伝えるように物事を話す。

そして、その予想は見事に当たっていた。

アリアのことを知っているベルンだからこそ、ガイトの危惧《きぐ》の正当性が理解できる。

アリアと出会っていなかったとしたら、自分の身を守るためにも、レサーガ国の話に乗っていたかもしれない。

しかし、今は魔王に魅せられた一匹の妖狐だ。

「現に多くの冒険者たちは、あのダンジョンのことでザワついているようです。一人の冒険者である俺がそれを証明します」

「……ガイトさんは冒険者でしたね」

「長年冒険者として活動してきましたが、今回は特別な気がするんです。戻ってこなかった冒険者たちの強さを考えると、魔王のような存在がいても不思議ではありません。東の魔王城でも、最近騒ぎがあったようですし」

（……すご。ほとんど正解してる）

ベルンは、ガイトの推理についつい感心してしまう。

完璧《かんぺき》と言ってもいいほどに的中しているそれは、人間と言えど褒めるしかなかった。

冒険者としての経験によるものなのかは不明だが、ガイトの実力を表しているようにも感じる。

それと同時に。

このダンジョン攻略にかけている思いが、ヒシヒシと伝わってきた。

「ディストピ――コホン。そのダンジョンに魔王がいるとして、どのようにするおつもりですか？　簡単に倒せるような相手ではないと思いますけど……」

「もし魔王がいた際は、俺の命にかえても倒すつもりです。レサーガ国には、自分に刻まれるダメージと比例して、鋭さが増していく剣があります。その効果を最大まで引き出せば、少なくとも相打ちにまでは持っていけるはずです」

　ベルンの疑問に、覚悟を決めた顔で答えるガイト。

　命にかえても――という言葉に嘘はないらしい。

　国のために力を尽くす勇者の瞳《ひとみ》がそこにあった。

　ラトタ国には隠しておくという選択肢もあった剣の存在を、包み隠さず伝えたところから、絶対に引かないという気持ちが伝わってくる。

（相打ちになったとしても、リヒトさんがいれば蘇生されちゃうんだよね。いや、元々相打ちになんてならないだろうけど）

　全てを知っているベルンは、ガイトの覚悟が無駄でしかないことを理解していた。

　裏切り行為にあたってしまうため、ガイトに伝えるようなことはしないが、それでも可哀想《かわいそう》だということに変わりはない。

　ベルンの仕事は、彼らを笑顔で送り出すだけだ。

「……ガイトさんなら任せていいかもしれませんね。その瞳を信用しましょう。我が国の冒険者をお貸し致します。多少の犠牲は仕方ありません」

「ほ、本当ですか！　感謝します！　ベルン女王！」

　テーブルに擦《こす》り付けん勢いで、ガイトは頭を下げる。

まさか本当に協力してもらえるとは、思ってもいなかったのだろう。

覚悟に固まっていた顔が、緩まったような気がした。

「それで。ダンジョンにはいつ攻める予定なのですか？」

「はい。こちらの準備は既に整っておりますので、ベルン女王がタイミングを指定していただければ……」

「なるほど。ラトタ国の冒険者にも伝えなければならないため、時間は少しかかってしまうかもしれませんが……よろしいですね？」

「当然でございます。こちらとしても、共に戦う仲間は時間をかけて選ぶべきだと考えていますから」

ディストピアに向かう冒険者のことをアリアに伝える時間は、想定していたより何倍も簡単に確保できた。

ここまで来ると、ベルンの仕事はほとんど終わったようなものだ。

後は、冒険者たちをアリアに引き渡すだけである。

ダンジョンのボスとしてベルンを配置する――という遊びをアリアがしなければ、もう二度とガイトと会わないかもしれない。

「それではよろしくお願いします！　絶対に良い話を持って帰りますよ、ベルン女王！」

「フフ、楽しみにしています」

それからのベルンは、ガイトの熱い話を延々と聞かされることになった。

＊＊＊

「あれ、リヒト？　その果実どうしたの？」

「イリスとティセの領域に遊びに行ったら、お土産《みやげ》でもらってきた。美味《おい》しいらしいけど、一人で食べ切れないからドロシーにもあげるよ」

「分かってるじゃん。せっかくだから一緒に食べようよ。ボクも一人では食べ切れないからさ」

見回りの業務に充《あ》てられている時間。

リヒトは、ドロシーの部屋で軽食を楽しもうとしていた。

最初はしっかりと見回りをしていたものの、敵が全く来ないことから、最近は手を抜きがちだ。

これはリヒトだけでなく、イリスを始めとした下僕たちのほとんどに当てはまっている。

魔王であるアリアがサボりに寛容すぎる――どころか、率先してサボっているため改善の兆候は見られなかった。

真面目《まじめ》に今も働いているのは、恐らくロゼだけであろう。

「でも、本当に敵が来ないよね。死霊が見張っててくれるから、ボクたちの仕事もほとんどなくなってるし」

「まぁ、魔物とかが迷い込むような作りでもないからな。俺は落ち着いてる方が好きだからいいけど」

「ボクも、これくらいゆったりしてた方が好きだよ。戦いばっかだと疲れるからね」

リヒトとドロシーは、比較的平和な日々を送っている現在に満足しているようだ。

アリアの戦闘欲が目覚めるまでに、しっかりと休んでおく必要がある。

もし目覚めてしまったら、それから働き詰めの毎日だ。

アリアの気まぐれは天災のように訪れるため、如何《いか》なる時でも心構えをしておかないといけなかった。

「というか、ボクたちがゆっくりしている分、ロゼさんに全部仕事が回ってるんじゃないかって思っちゃうんだけど……どうなのかな？」

ドロシーが気にしていたのは、やはりロゼの仕事量であった。

ディストピアで働き始めてから、ロゼが暇そうにしているところを見たことがない。

具体的にどのような仕事をしているという情報はないが、常に動き続けているようだ。

「一度手伝おうとしたことがあるんだけど、大丈夫って断られちゃったんだ。もしかして、ボクたちじゃできないような仕事なのかな？」

「ヴァンパイアだからな……全然想像ができないや」

「もしかして嫌われてるのかな……？　それなら泣いちゃいそうなんだけど」

「ロゼは人を嫌うようなタイプじゃないから安心していいと思う。多分」

「多分なんだ」

ロゼに対しての疑問が、埃《ほこり》のように積み重なっていく。

隠しごとをしているというわけではないだろうが、好奇心というのは簡単に止められるものではなかった。

「リヒトって、ロゼさんと仲良かったっけ？」

「……そう言われると自信ないな。嫌われてるかも」

「ロゼさんは人を嫌うタイプじゃない――って言ったばっかりじゃん」

呆れたように果物《くだもの》を口にするドロシー。

ロゼと仲良くなるのは、まだまだ先の未来らしい。

リヒトの人望にも疑問を持ち始めた瞬間だ。

「えっと……フェイリスとは仲が良いぞ？」

「フェイリスさんは……不思議な人だよね。あんまり話したことないんだけど」

共に戦場を経験したフェイリスは、戦友という意味で仲が深まっていた。

会話の内容は、記憶に残らないほど適当なものであるが、それでも部屋に呼ばれる程度の仲である。

何度も蘇生したことで、謎の信頼感がフェイリスの中に生まれているようだ。

「そういえば、フェイリスさんってあんまり部屋から出てこないよね？　遊びに行ってもいいのかな？」

「……うーん。あの様子じゃ暇だと思うから、遊びに行ってあげると喜ぶんじゃないか？」

ドロシーの質問に、リヒトは不確定の情報しか出せなかった。

何度か部屋に招かれているリヒトだが、フェイリスが本を読んでいる姿を見たことがない。

積まれている本も、表面が埃で覆われている。

これらのことから、本に手をつけてないと予想された。

しかし、あの本だらけの部屋で、本を読まずにどうやって過ごしているのか。

仕事をしているといった雰囲気でもないため、謎はどんどん深まるばかりだ。

「たのもー!!」

「――うわっ！」

何の前触れもなく。

バタンとドアが蹴《け》り破られる。

リヒトとドロシーが慌てて目を向けたその先には、見慣れた魔王の姿があった。

少し息が乱れている――急いでこの場に向かってきたらしい。

妙な笑みが溢《あふ》れていることから、喜ばしい報告があるのだろう。

二人はゴクリと唾を飲み込んで、次に発される言葉を待つ。

「人間たちが、このディストピアに攻めてくるらしいぞっ！　準備じゃ！」

平和だったディストピアに転がり込んできたのは、なかなかに物騒な話であった。

第四章

縁

「人間たちが攻めてくるって……本当なのか？　死にに来てるとしか思えないぞ……？」

「その通り。当たって砕けろという勢いでやって来るらしいのじゃ」

「そこまで踏み切るって、かなり危険視されてるらしいな……」

ゆったりとした時間の終わりは早い。

壮絶な死闘の後の休息も、人間たちによって邪魔されてしまう。

捨て身の覚悟で突撃してくるというのが、余計に気だるさを加速させた。

どの種族にもかかわらず、覚悟を決めた相手が一番厄介だ。

死ぬ直前の雑魚《ざこ》モンスターに、Ｓランク冒険者が深手を負わされたという話を、リヒトは何回も聞いたことがある。

「というか、そんな話どこから聞いたんだ……？」

「ベルンから全部入ってきたぞ。レサーガ国というところが、ベルンの元へ擦り寄ってきたらしいのじゃ」

「レサーガ国って……どこまでもしつこい奴《やつ》らだな……」

リヒトを追放した国との運命は、どれだけやっても断ち切れない。

ラトタ国を巻き込んでまで、このディストピアを潰《つぶ》そうとしているようだ。

「残念じゃが、敵の戦力までは正確に分からなかったみたいじゃ。そこでリヒト。元々住んでおった国じゃし、何か有益な情報はないか？」

「有益な情報って言われても……女の冒険者が少ないくらい――」

「ドロシー、お主は何か知っておらんか？」

プイっとドロシーの方に顔を向けるアリア。

早い段階で、どうでもいい情報だと判断されてしまったようだ。

実際に何も知らないため仕方がないのだが、少しだけ悲しくなってしまう。

「申し訳ないけど、ボクがいたのはかなり昔だから、有益な情報っていうのは難しいかも」

「それなら仕方ないのじゃ。気にするでない」

「明らかに俺《おれ》の時と扱いが違わないか……？」

ドロシーに対するアリアの反応は、とても優しいものだった。

何とも言えない気持ちが、心の中でグルグルと渦《うず》巻いた。

「まぁ、どうせ勝てるじゃろうから、変に気張らん方がいいな。冒険者が攻めてくるタイミングは、ベルンが調整してくれるようじゃし」

「そんなことまでしてくれるのか。やっぱり優秀なんだな……」

「ということで、リヒトもドロシーもゆっくり準備してくれ。試したい戦法とかがあったら、今回で試すのもアリじゃぞ？」

「そういうことなら、リヒト。ちょうどいいから、例のバズーカ作戦を試してみようよ」

「断る」

ベルンの活躍もあって、戦いの前とは思えないほどゆるゆるとした三人。

この三人に限らずとも、ディストピア全体がそういった雰囲気である。

相手が人間というのもあり、油断してしまうのは強者として仕方のないことだった。

「それじゃあ任せたぞ。儂《わし》はもう寝るのじゃ」

「おやすみ――って早いな。まだ昼だぞ？」

「種族が違うんだから、ボクたちの生活リズムと違ってもおかしくないよ。きっと魔王様は夜行性なんじゃないかな？」

「いや、普通に昼夜逆転してるだけなのじゃ」

「ごめん、リヒト」

「……健康的な生活を送ってくれよ、アリア」

二人の心配を受けながら、不健康な魔王は堂々と部屋から出ていく。

大事なことは全て伝え終わったらしい。

作戦から何やらまで、全てを任されてしまった。

「……任されちゃったね」

「とりあえず、みんなに集まってもらおう」

残されたリヒトの口から出てきたのは下僕たち全員の名前。

意見をまとめるため、彼女たちの協力を仰ぐしかなかった。

＊＊＊

「コーヒーをお持ち致しました、リヒトさん。ドロシーさんはブラックで良かったですよね……？」

「うん。ありがとうございます」

「ありがとう、ロゼ。でも、ここまでしなくても良いんだぞ？」

天鼠の洞窟――深部。

ディストピアの下僕全員が一堂に会する部屋。

何故《なぜ》かロゼは、全員分の飲み物を用意するために歩き回っている。

苦い飲み物が嫌いなイリスとフェイリスには、コーヒーが配られていない。

その代わりに配られているのが、オーダーメイドのドリンクだ。

特にイリスは、遠慮することなくアップルティーを注文していた。

かなり手間のかかる飲み物だが、ロゼは見事その期待に応《こた》えている。

「――ふぅ。働いた後のコーヒーは美味《おい》しいですね」

「……いつも思うんだけど、働きすぎじゃないか？　手伝おうとしても断られるし……」

「何を言っているんですか、リヒトさん。私が好きでやってるんですから、心配してくださらなくても大丈夫ですよ」

「それなら良いんだけど……」

本人が満足している以上、リヒトの口からはもう何も言うことができなかった。

達成感というものなのだろうか。

リヒトが人間界にいた時、ボランティアという企画に参加している人間たちを見たことがある。

リヒトには一生分からない感情だが、ロゼの笑顔を見ていると、少し興味が湧《わ》いてしまった。

「お姉さま。結局イリスたちは何をやればいいの？」

「相手の数が多いみたいだから、いつもと同じでいいんじゃないかしら。ねぇ、リヒトさん？」

「イリスとティセはいつも通りで良いよ。というか、そっちの方がありがたい」

イリスとティセの役割は、またもや一瞬で決まる。

正直に言うと、既に二人の役割は定着しているため、集まる必要すらない。

戦いの当日に早起きしてもらうだけで十分だ。

「簡単だね。頑張ろう、お姉さま」

「そうね、イリスちゃん。寝坊しないように気を付けないと」

「うっ……難しいけど頑張ろう、お姉さま」

どうやら、この二人からしたら早起きの方が難しいらしい。

もうこれ以上心配する必要はなさそうだ。

リヒトはチラリとロゼの方に目を向ける。

ロゼはその視線にいち早く反応し、ピクリと肩を震わせた。

かつてのトラウマが思い起こされたのだろう。

「ロゼは、アリアから直接指示をもらってるぞ」

「ほ、本当ですか!?」

「戦場を駆け抜けろ――らしい」

「な、なるほど!!」

この指示の意味は、リヒトでさえ理解することはできなかった。

文字通りに受け取るとしたら、全《すべ》ての敵を相手にすると考えても違和感はない。

そして、ロゼもそのような解釈をしているようだ。

圧倒的な仕事量の前に、やる気に満ち溢《あふ》れた顔をしていた。

「魔王様は期待してくれてるってことですよね？　それなら、しっかり応えないと……」

「ロゼ、頑張って。イリスも応援してる」

「ありがとう、イリス！　私頑張るよ！」

その言葉によって、ロゼの熱い心が目覚めてしまう。

口車に乗せられているのは確実だが、本人が嬉《うれ》しそうであるため、リヒトが下手《へた》に口を出すことはできない。

イリスのしたり顔が、ずっと頭の中に残っていた。

「あ、フェイリスはどうするの？　またリヒトさんと一緒？」

役割が決まったロゼは、フェイリスの心配をするほど心に余裕ができている。

ここまで嬉しそうにしているロゼの姿は久しぶりだ。

「その通りなの。私とリヒトさんは一蓮托生《いちれんたくしょう》なの」

そう言って、フェイリスはリヒトの腕にグイッと抱きつく。

これまでならやめるように言っていたリヒトだが、今回はその言葉が出てこなかった。

言っても無駄だと気付いたからだ。

どれだけ注意したとしても、不思議そうな顔をするだけである。

いつの間にか、フェイリスに懐かれてしまったらしい。

（フェイリスは何を考えているんだ……？　東の魔王との戦いからやけに近付いてくるようになったけど――って、フェイリスの頭の中を考えるだけ無駄か……）

リヒトは、自分の中で練られる考察を全て途中で放棄する。

フェイリスの考えなど見当すらつかない。

一度だけ距離を置こうとしたことがあるが、その際には初めての涙を見ることになった。

しかし、一緒にいたとしたら何の前触れもなく離れていってしまう。

数多《あまた》の経験から。

フェイリスの好きなようにさせるというのが結論だ。

「あら、フェイリスはリヒトさんがお気に入りみたいですね」

「ティセ、からかわないでくれ……」

「……むー」

大人《おとな》としてフェイリスの恋愛を見守るティセ。

子どもらしいシンプルな行動を前に、何やらうっとりとした表情をしていた。

そして、その表情とは真逆の、不満そうなドロシーはジロジロとリヒトを睨《にら》んでいる。

今のリヒトに逃げ場はどこにもない。

この地獄の時間が過ぎていくのを待つしかなかった。

「フフ。ドロシーさんも頑張ってね」

「へ？　ちょ、そんな――」

「――それじゃあ、作戦も決まったことだし、私たちは領域に戻ろうかしら。ロゼ、コーヒー美味しかったわ」

「え？　あ、ありがとう。ティセ」

「アップルティーも美味しかった。また作ってね。それじゃー」

「うん！　バイバーイ！」

イリスとティセは、軽く手を振りながら部屋をあとにする。

どこまでもマイペースな姉妹だ。

文句をつける者が誰《だれ》一人いないことから、全員が彼女たちに慣れてしまったらしい。

その中でも、ロゼが最たる例である。

「……それじゃあ、俺たちも戻るか」

「そうだね」

「私は……どうしましょう。トラップとか準備した方がいいのでしょうか？」

「いや、ロゼはゆっくりしててくれ。そこら辺は俺がやっておくよ。フェイリスも手伝ってくれるらしいから」

「謀《はか》られたなの!?」

この後、リヒト、フェイリス、ドロシーの三人で最終的な調整を行うことになった。

＊＊＊

「イリスちゃん、起きて。ねぇ、イリスちゃんってば」

「……お姉さま？　あと五分……」

「駄目よ。あんまり遅くなると、ロゼが怒っちゃうから」

太い枝に乗っけるようにして存在しているツリーハウス。

ティセは木製の窓を開けて、外の光を部屋に入れる。

その光はイリスの寝顔を照らし、夢の世界から現実の世界に引き戻した。

今日は人間たちが攻めてくる予定の日であり、確実に忙しくなるはずだ。

間違っても寝坊することなどできない。

「よし。偉いわね、イリスちゃん」

「うん……おはよう、お姉さま」

眠そうな目を擦《こす》りながら、イリスはムクリと起き上がる。

ティセではなくロゼが起こすのであったら、恐らくあと五分は粘られていたであろう。

ピンと跳ねた金髪の寝癖を直しつつ、ベッドからペタリと足を下ろした。

「ん。《妖精使役《ようせいしえき》》」

イリスのスカートの中から、妖精《ようせい》たちが次々に溢れ出す。

やるべきことはもう分かっているようだ。

ヒラヒラと入口に向かって飛んでいく様子を、イリスは半開きの目で見送っていた。

「やっぱり眠い？」

「少しだけ。でも、そろそろ目が覚めてきそう……」

「まったく、夜遅くまで起きてるからよ。運んであげるから……ほら」

いつまでも、ここにいるわけにはいかない。

まだ目が覚めきらないイリスを、ティセはおんぶする形で持ち上げる。

何度も繰り返してきた行為であるため、何も言うことなくイリスはティセに体を預けた。

「イリスちゃん、少し重くなった？」

「……お姉さま。それ以上言ったらイリス怒っちゃう」

「アハハ」

何か思い当たる節があるのか。

イリスは、ティセの腕に負担をかけるようにして体の重心を動かす。

しかしその程度の抵抗では、ティセの鼻を明かすまでには至らなかった。

「お姉さま。イリスが言うのも何だけど、もうちょっと急がなくてもいいの？　敵は来てるっぽい」

「大丈夫らしいわよ。ロゼが入口でかなり足止めしてくれてるみたいだし、取り残しの処理にはリヒトさんたちがいるし、私たちの出番はその後くらいかな」

「……そうなんだ。多分取り残しは脇道《わき》を通ってくるはずだから、一応そっちに向かわせとく」

安心したように、顎《あご》をティセの肩に乗せるイリス。

追加で妖精を向かわせることも可能だが、この様子だとその必要もなさそうだ。

先ほどイリスが放った妖精は《狂乱《きょうらん》》の効果を含んでいた。

完全耐性を持っていない人間であれば、この妖精を取り込んでしまった瞬間に、敵味方関係なく攻撃を開始してしまう。

今頃《いまごろ》入口付近では、血で血を洗う同士討ちが行われているはずだ。

「……あれ？　妖精が一匹死んじゃった。何人か手練《てだ》れがいるみたい」

「それぱっかりは仕方ないわね。リヒトさんたち、無事だったら良いんだけど……」

「やっぱり急いだ方が良いかも。お姉さま、下りる」

おんぶされている状態から、イリスはスタリと地に足をつけた。

リヒトやフェイリスを信用していないわけではないが、少しだけ嫌な予感がする。

《妖精使役》は、妖精との距離が遠くなるほど精密性が欠けてくるため、今はただ近付いていくしかない。

眠気はもう完全に消え去っていた。

＊＊＊

「――クソッ！　化け物か！」

正体不明のダンジョンで兵士たちを待ち受けていたのは、一人のヴァンパイアだった。

部隊の半分ほどはダンジョン内の侵入に成功したものの、残りの半分はたった一人に押さえ込まれている。

そもそも、このヴァンパイアを無視することはできない。

ここで殺しておかないと、後ろから攻撃を受けるだけだ。

このクラスの強敵がゴロゴロいるようなダンジョンなのか。

そう考えると、吐き気がしてしまいそうな場所である。

地獄と表現しても過言ではなかった。

「ヴヴ……」

「……おい、どうした⁉」

「――ヴァア！」

兵士は味方の剣を受け止める。

殺意を持った攻撃――決して冗談などではない。

このダンジョンに近付くにつれて、狂ったように剣を振り回す兵士が増えていた。

判明している原因は一つだけ。

ヴァンパイアによる吸血で、眷属《けんぞく》化されてしまったというものだ。

噛《か》まれてしまったら最後、元に戻す方法は存在しない。

「この野郎！　あのヴァンパイアには噛まれてないはずだろ！」

兵士は何度も練習してきた体術で、剣を奪いながら蹴《け》り飛ばす。

武器を失ったとしても、元味方の戦意が喪失されることはなかった。

この様子――眷属化の症状とは少しだけ違う。

眷属化されたとしても、ここまで凶暴になるという話は聞いたことがない。

また、ヴァンパイア特有の牙《きば》も生えていないため、疑問点が多くなっている。

「クソ！　死んどけ！」

一時的な混乱かとも考え、とどめを刺さずにいた兵士だったがもう我慢の限界だ。

奪い取った剣で元仲間の心臓を一突き――その直後に、無防備な喉《のど》を切り裂いた。

その手ごたえは、正に人間のままである。

「どうなってるんだ……眷属化してないってのに――うおっ！」

力尽きた元仲間の体から、何やら光るものが飛び出すように現れた。

その存在の正体は見当すらつかないが、兵士に選択肢は残されていない。

空中に漂っている光を真っ二つに両断する。

この行動で能力が発動する可能性もあったが、長年の経験が剣を振り下ろすように叫んでいた。

「あら。殺しちゃったんですね」

「――!?　ヴァンパイア！　貴様いつの間に！」

剣を突き付けての威嚇《いかく》。

それは、全くと言っていいほど効果がなかった。

怯《ひる》むどころか、気にしている様子すらない。

剣を武器として見ていないようだ。

そもそも、敵として見てもらえているかどうかさえ怪しい。

子どもが枝を持っているのと、同じ光景が広がっているのだろうか。

ついつい剣を持つ手が震えてしまっている。

「人間は数が多いんですね。かなりディストピアの中へ侵入させちゃいました。もしかして、援軍とか来たりしますか？」

「黙れ！」

渾身《こんしん》のひと振り。

このヴァンパイアに勝つためには、とにかく先手を取るしかない。

油断しているであろう今しか、攻撃を当てるチャンスはなかった。

「――チッ」

しかし――そんな淡い希望もそこまで。

剣は服を掠《かす》らせるだけで終わる。

あと数センチでも横にズレていたとしたら、ヴァンパイアの血を見ることができたはずだ。

「あの、援軍は――」

「――知るか！」

ヴァンパイアの言葉を無視しながら、兵士は剣を振り続けた。

怒りを原動力に変えて。

全身全霊《ぜんしんぜんれい》の攻撃だったが、どれも命中するまでには至らない。

むしろ、一振りまた一振りとしていくうちに、命中することから離れてゆく。

ヴァンパイアの遊びに付き合っているかのような感覚であった。

「援軍は来ないんですか？」

「……フン、好きに想像しろ」

「なるほど、来ないってことですね。それなら、ずっとここにいなくても良さそうです」

見事に見抜かれてしまった兵士。

濁そうとする口調が、判断の決め手になったらしい。

(マズイぞ……このままだとかなりマズイ……)

兵士はゴクリと唾《つば》を飲み込む。

ここで負けてしまえば、このヴァンパイアは後方から仲間たちを殺しに向かうだろう。

いくら信頼している仲間たちでも、化け物に挟み撃ちにされたら、ひとたまりもないはずである。

文字通り一網打尽《いちもうだじん》だ。

つまり、ここで勝負を決めるべきであり、最低でも時間を稼ぐ義務があった。

「……イリスやティセが片付けてくれてますし、そろそろ行ってもいいのかな」

「ま、待て！」

呟《つぶや》くようにヴァンパイアから出てきた言葉を、兵士が聞き逃《のが》すことはない。

イリスやティセと呼ばれた存在が何なのか——それは分からないが、恐らく他の兵士たちを凶暴化させている元凶であろう。

その二人に蹂躙《じゅうりん》されるのも時間の問題だ。

「……まだ何か？」

「敵を易々《やすやす》と見逃すわけがないだろ！　貴様はこの地で死ぬ運命だからな」

「死ぬのは貴方《あなた》だと思いますけど——あ」

ヴァンパイアが声を上げるのと共に。

常軌を逸した倦怠感《けんたいかん》が、兵士の体に襲いかかる。

立っているのですらやっとであり、目の前にいるヴァンパイアが分身して見えた。

まぶたが重い。

音も聞こえなくなり、膝《ひざ》はいつの間にか地についている。

薄れゆく意識の中で兵士が最後に見たのは、何故か心配そうにしているヴァンパイアの姿であった。

＊＊＊

「やっぱり入り込まれてるみたいだぞ、フェイリス。気を抜かずに行こう」

「分かったなの」

リヒトとフェイリスは、ロゼが取りこぼした人間を処理するため、ディストピアの各領域を歩き回っていた。

今回の戦いでは二人の活躍の機会がかなり限られている。

フェイリスの《怨恨《えんこん》》は殺された場合に発動するが、一人だけしか道連れにすることができない。

つまり、相手が多くなるほどフェイリスは機能しなくなる。

また人間相手に、ロゼを始めとする下僕たちが殺されるとも思えないので、リヒトも同じ立ち位置だ。

「でも、リヒトさんは単純な一対一で勝てるなの？」

「大丈夫。元々Sランクの冒険者として頑張ってたんだから、大抵の人間になら勝てるよ」

フェイリスの質問に、リヒトは心配させないような答えを返す。

並の兵士には勝てると言っても、将軍レベルの格上では流石《さすが》に分が悪い。

フェイリスもそれは同じだろう。

「――リヒトさん。いた」

その緊迫した状態で敵を確認するフェイリス。

先に気付いたのはこちら側だが、それも誤差に過ぎない。

敵もリヒトたちに気付いたようで、剣を抜きながらジワジワと距離を詰めてきていた。

「――ッ！　アイツ、見たことあるぞ。名前は……ガイトだったな」

「有名な人なの？」

「人間の中ではな。かなりやり手だったけど、まさかこんなところにいるなんて……」

ガイトの存在は、リヒトの頭の中にも残っている。

自らSランク冒険者のトップとして活躍しつつ、国王の右腕にまで上りつめた存在。

レサーガ国の人間なら、全員が知っていると言っても過言ではないほどの人間であり、歴代で三人しか与えられていない勲章まで手にしていた。

リヒトを小魚に例えるとしたら、ガイトはサメだ。

逆立ちしても勝てる相手ではない。

「……フェイリス」

「分かってるなの」

リヒトの指示が出る前に、フェイリスは一歩前に出た。

自分のするべき動きを完全に理解している。

普通の人間であれば、フェイリスが攻撃をする前に殺すはずだ。

（……なんだ、あのガキは？）

しかし。

この一歩で、ガイトの動きが止まる。

（おかしい。武器も持たずに近付いてきている。ただの馬鹿《ばか》か、それとも……）

ガイトの人生で、フェイリスは初めて出会うタイプの敵だ。

故に、かなり慎重に対応しなくてはならない。

剣は構えているものの、攻撃をするまでには至らなかった。

「……」

「来ないのか？」

「――っ」

お互いの攻撃が当たる間合いに入ったところで。

何もしてこないフェイリスを、挑発するようにガイトが話しかける。

こうなると、フェイリスから攻撃を仕掛けるしかない。

太ももに隠していたナイフを取り出して、隙《すき》をつくように襲いかかった。

た。


(心臓――と見せかけて武器!)

ここでフェイリスが狙《ねら》ったのは、ガイトの心臓ではなく剣だ。

ガイトの剣を奪うことができれば、その剣で己を貫くことによって勝利が手に入る。

道具を使った自殺は、その道具の持ち主でないと意味がないため、どうしても必要な手順だった。

「ノロマが!」

しかし、そんな簡単に武器を奪えるような相手ではない。

ガイトは、フェイリスの攻撃を軽く躱《かわ》しながら、足でナイフを弾《はじ》き飛ばす。

たった一つの武器を失ってしまった少女を捕らえるのは、赤子の手をひねるように容易《たやす》かった。

「うぐっ」

(なんだコイツは……弱すぎる……)

あまりに呆気《あっけ》ない勝利。

フェイリスは両腕を拘束《こうそく》され、頬《ほお》を地面に押し付けられている。

この状態から逆転する方法は存在しない。

ガイトは、チラリとリヒトの方を見た。

「おい、男! これからどうするつもり――って、お前どこかで見たことがあるな」

リヒトがガイトのことを知っているのと同じように、ガイトもリヒトの顔に心当たりがあった。

どこで覚えたのかは正確に思い出せないが、間違いなく人間界の出来事だ。

決してスルーできる事実ではない。

「お前、人間だな。どうしてここにいる。名を名乗れ！」

「さあな――」

リヒトはその問いに答える気はなかった。

そして、覚悟を決めたように駆け出す。

フェイリスを拘束するために、片腕を使っている今がチャンスだ。

リヒトは、直線上にあるフェイリスのナイフを拾いながら、ガイトの喉元を狙って突っ込んだ。

「――おっと」

それでも。

ガイトを殺すにはまだまだ遠い。

ナイフが突き刺さる直前で、ガシリと腕を掴《つか》まれてしまった。

ガイトのオーガにも劣らない握力は、完全にリヒトの腕を固定している。

もがけばもがくほどに走る激痛。

数秒後には、震える腕がポロリとナイフを落としてしまう。

「お前――いや、お前たちには聞きたいことが沢山ある。質問には答えてもらうぞ」

フェイリスの上に座るようにしてガイトが取り出したのは、一本の丈夫そうなロープだ。

普段からこのような仕事が多いのか――かなり手慣れた様子である。

ロゼやアリアならば簡単に引きちぎることができるだろうが、リヒトやフェイリスでは流石に荷が重い。

二人は背中合わせになる形でぐるぐる巻きにされると、足を払われて綺麗《きれい》に倒される。

こうなってしまうと、起き上がることさえままならなかった。

「痛《いた》っ――フェイリス、大丈夫か……？」

「うん……えへへ」

何故か不敵に笑うフェイリス。

これは喜んでいるのか――それとも違う何かか。

やはり何を考えているのか分からない。

「さて、まずは一つ目の質問だ」

「――!!」

そのセリフと共に、リヒトの肩には一本のナイフが突き刺さった。

「――いってえええ!!」

リヒトはつい声を上げる。

声を上げずにはいられない。

肩に走る熱さが、リヒトをそうさせていた。

どうやっても、平静を保つことは不可能だ。

そして。

熱さが痛みに変わる頃には、もう何も喋《しゃべ》れなくなる。

「じゃあ質問だ。ここはどこだ？　ダンジョンの入口にいたはずだが、いつの間にかワープさせられてしまってな」

「ぐっ……」

「二つ目。お前たちは何者だ？　特にお前、人間界で見たことがある。どうしてここにいるのか教えてもらおう」

ガイトが答えを待つ数秒間。

沈黙の時間がその場を包む。

しかし――どれだけ時間が経《た》っても、リヒトは一向に答えようとしない。

否。

答えることができない。

結局。

その沈黙を破ったのは、ガイトの舌打ちであった。

「痛みでそれどころじゃねえってか？　普通の男なら、もう一本食らわねえように必死こいてゲロするんだが……ちょいと刺激が強すぎたな」

ガイトは呆《あき》れたように顔を上げる。

ここまで情けない者たちが、仲間たちを殺しているのか。

その事実で、怒りの感情がさらに湧き上がっていた。

「って、やけに女の方も静かだな。普通の女なら、自分は食らわないように泣き喚《わめ》くもんだが――」

ここでガイトが気になったのは、全くリアクションを見せないフェイリスの方だ。

これまでの経験上、こういった状況に立たされた女は悲鳴を上げる者が多い。

その光景は様々であり、自分の身に起こることを想像して発狂する者もいれば、相方の男を心配してすすり泣く者もいる。

それでも。

フェイリスのように、何も言わない者はいなかった。

その珍しさが、ガイトの好奇心を刺激させる。

「――おい、女。お前にも同じ質問をする。答えろ」

「…………」

「時間は与えんぞ？」

「…………」

フェイリスの方も、リヒトと同様に答えようとしない。

それどころか、ピクリとも動いていない。

「チッ」

あまりの緊張で気が触れただけ――つまらないオチ。

ガイトはそう結論付けた。

もう、リアクションにも答えにも期待できないだろう。

「おい、聞いてるのか――」

ガイトは、フェイリスの前髪を掴んで無理やり顔を上げさせる。

決してフェイリスからの答えを期待しての行動ではない。

どちらかと言うと、相方に危害を加えられるリヒトに対しての効果を狙ってのものだ。

軽く顔にでも傷を付けてやろうか。

そんなことを考えていると、偶然フェイリスの左目と目が合った。

「――ヒッ……!?」

ガイトはつい手を離す。

すると、重力に従ってフェイリスの体はドサリと落ちた。

あの一瞬。

形容できないほどの悪寒が身体《からだ》中に走る。

この世の全ての憎悪を集めたかのような視線が、いつまでもガイトの脳裏に焼き付いていた。

何も知らない純真無垢《むく》な少年少女が、あの視線を向けられたとしたら、きっとショック死してしまうであろう。

今でも思い出して体が震えてしまっている。

他人を――リヒトを刺しただけで、あれほど怒れるものなのか。

それほどまでに、あの視線には殺意と憎悪が込められていた。

「お、おい男！　そろそろ答えろ！」

気を紛らわすように。

ガイトはリヒトの方に視線を送る。

フェイリスに関わってはいけない――本能がそう認識してしまった。

「お前らは一体――」

「――リヒトさん!!　フェイリス!!」

扉を蹴破る音が領域中に響き渡る。

そこには、呼吸を荒らげているロゼの姿があった。

「――この！」

脅威のバネで距離を詰めるロゼ。

リヒトのスピードとは比べ物にならない。

ガイトは、為《な》す術《すべ》なく壁へと蹴り飛ばされる。

その風圧だけでも、リヒトとフェイリスの体が浮いてしまいそうだ。

数十箇所の骨折、生命維持器官の破壊。

「一撃か……。凄いな」

強者は呆気なく命を落とした。

「ロゼ、この縄を――」

「リヒトざぁん！　心配したんですよぉ！」

「……いや、この縄を解いて――」

寝転がっているリヒトに、ロゼは飛び込むようにして泣きついた。

どうして泣いているのか――そして、お気に入りだった服に鼻水が付けられていることで、リヒトの言葉も一瞬止まる。

「ずみまぜん……ぐすっ、私が遅れちゃったせいで……リヒトさんに怪我《けが》が……」

どうやら、ロゼはリヒトに危害を加えられてしまったことを嘆いているらしい。

抜いたナイフで、今すぐ切腹でもしてしまいそうな勢いである。

「魔王様が……リヒトさんとフェイリスのところに行ってやれって……でも、私がグズだから……」

「それはもう大丈夫だ、ロゼ。それより縄を解いてくれ。フェイリスも苦しそうだし」

「……は、はい。本当にごめんなさい……です」

ロゼは、固く結ばれたロープをいとも容易く切り裂いた。

フェイリスと密着していた部分が離れ、ようやく元の自由を取り戻す。

「リヒトさん、ごめんなさい。全然役に立てなかったなの」

「……いや、気にするな。役に立てなかったのは俺も同じだし」

フェイリスの言葉により、今までになかった無力感がリヒトを襲う。

東の魔王城の時と同じように、今回も仲間に助けられる結果となってしまった。

ロゼは気にしていないようだが、このまま甘えていたのでは現状は全く変わらない。

「リヒトさん、その怪我……」

フェイリスは、そう言って心配そうに肩を指さす。

先ほどからその傷が気になっているようだ。

自分が時間稼ぎにもならなかった罪悪感からなのか、いつもよりシュンとした雰囲気である。

「私の部屋に来て。手当てするなの」

「それなら私が運びますよ、リヒトさん！」

「え、ちょっと――」

リヒトに発言する時間は与えられず、あっという間にロゼにおんぶされてしまった。

「心配しなくても、残りの敵は片付いたようなものですから」

戦いの終わりを告げるロゼの言葉で、リヒトの口はもう開けなくなる。

意識することによって肩の痛みも再発しているため、今から断る理由も全くない。

ただ、フェイリスが手当てするということだけが恐怖であったが、その親切心を無下にするのも心苦しかった。

疲れがどっと溢れ出す。

「ロゼは残らなくても大丈夫なのか……？」

「はい！　コウモリたちから、人間の反応はないと聞きました！」

「呆気なかったなの」

力になれなかったことを悔やみながら、リヒトは戦いの終わりに安堵《あんど》する。

本当は真っ先にアリアへ報告するべきなのだろうが、それは二人が許してくれなさそうだ。

アリアを援護することに対しての心配は、どうやら杞憂《きゆう》に終わったらしい。

ロゼはにっこりと一度リヒトの方を振り返ると、体を揺らさないようにゆっくりと歩き出した。

＊＊＊

「やっぱりイリスとティセがいると楽じゃな」

アリアは、そう呟きながら人間の上を歩く。

床は死体で埋まっており、足に伝わる柔らかい感触が少しだけ心地良かった。

人間たちの死因としては、ティセによる臓器機能停止が五割、イリスによる同士討ちが四割、ドロシーによる魂の抜き取りが一割だ。

死体の顔を見ていると、イリスとティセに見せられた地獄が想像できる。

逆にドロシーの手にかかった死体は、何も苦しまず安らかに死んでいた。

「まったく。無駄に数だけが多いから、掃除が大変になるじゃろうが」

この光景を見て、アリアはうんざりするように愚痴をこぼす。

常人が見たなら発狂してしまいそうな光景だが、魔王であるアリアからしたら花咲く野原と何ら変わりはない。

むしろ。

片付けのことを考えるとゴミの山なのだが。

「――うわっ」

突然足に走る感覚。

そこに視線を向けると、男の手ががっしりとアリアの細い足を掴んでいた。

どのようにして三人から身を隠していたのか――耐性を持っている実力者か、はたまた運がいいだけの下っ端か。

油断していたこともあり、様々な考えがアリアの頭の中を駆け巡る。

しかし、もうそんなことは関係なかった。

「《空間掌握《くうかんしょうあく》》」

死体だらけの空間が歪《ゆが》む。

アリアの周りが、全てスローモーションになった。

足を掴んでいる人間がどのような攻撃をしてこようとも、確実に回避できる空間だ。

ディストピアの内部で、アリアに勝てる人間など存在しない。

そもそも、このディストピアはアリアが作ったダンジョンであり、自分が最《もっと》も優位に立てる場所となっている。

わざわざ地下に作ったのも、窓を用意しないで済むためだ。

《空間掌握》を使う上で窓が開いていたとしたら、バケツに穴が開いているのと同じように効果がなくなってしまう。

領域や部屋の大きさに比べて、扉が極端に少ないのもそのためだ。

テンションが上がった際は、扉を自ら蹴り破ってしまうという癖があるが、ロゼという名の修理屋もしっかりと用意していた。

「——って、死にかけではないか」

死体の中から本体を引きずり出したものの、身体中に切りつけられた傷跡がある。

イリスによって同士討ちさせられた者の末路だ。

未だに息があるのが奇跡とも言えた。

「期待させおって」

今更アリアが手を加えるまでもない。

最後の執念というものに感心しながら、アリアは紙クズのように投げ捨てた。

「しかし、これで当分人間たちは攻めてこないじゃろうな。しばらく退屈な日々が続きそうじゃ」

アリアは背伸びをしながら歩き回る。

死体の上を歩く感触は、いつまで経っても飽きるものではなかった。

戦いの後の楽しみと言っても過言ではない。

これから先はなかなか味わえない感覚であるだけに、チビチビと高い酒を飲むような気持ちで楽しんでいる。

「そうじゃ！　あやつらに休暇をやれば喜ぶかもしれん！」

丁度暇になるであろう日々。

アリアは、最大の褒賞を思いついた。

＊＊＊

「いやー、まさかアリアが休暇をくれるなんてなぁ。これで堂々とゆっくりできるよ。ロゼは何日貰ったんだ？」

「四日です、リヒトさん」

「それなら俺と同じだな。ロゼはもうちょっと貰ってもいいと思うけど」

珍しくロゼの領域に誘われたリヒト。

休暇を貰ったということで、二人共が仕事のない時間を過ごしていた。

今は、二人でエルフが用意した食事を楽しんでいる最中だ。

テーブルいっぱいに広がる料理――手の込みようからして、エルフの気合いが窺《うかが》える。

ヴァンパイアであるロゼには、高級そうな容器に入れられた血液が。

人間であるリヒトには、肉と野菜が丁度いい割合で配膳されていた。

早い段階でエルフと交友関係を持ったのは、どうやら正解だったらしい。

アリアの判断力は凄いなぁ――などと考えながら、リヒトは美味しい料理に満足していた。

「リヒトさん……えっと、ですね」

「……？　どうしたんだ、ロゼ？」

その空間で。

意を決して話しかけたのはロゼの方だ。

「実は、休暇を利用して実家に帰ろうと考えていまして……」

「実家!?　実家って言ったのか!?」

「は、はい……」

まさかロゼの口から、実家という単語が出てくるとは考えてもいなかった。

料理の感想も、これから話そうとしていたことも、頭の中から消え去ってしまう。

それほどまでの衝撃だ。

「……でも百年間死んでたわけだし、言ったら悪いけど、実家があるかどうかすら分からないんじゃないか？」

「……そうなんです。その確認をどうしてもしておきたくて」

リヒトの言葉にシュンとしながら、ロゼは自分の思いを正直に伝える。

百年間というのは、ヴァンパイア寿命から考えるとそこまで長い時間ではない。

つまり、ロゼの家族に何事もなければ、今もその家で暮らしているはずだ。

ロゼの両親にもよるが、山奥でひっそりと暮らしているのなら生きている可能性が高い。

「そうか、元気にしてるといいな。百年ぶりだったら、お父さんもお母さんも喜ぶと思うぞ」

「はい！　それでなんですけど、リヒトさんを招待させてくれませんか？」

「……へ？」

食事に戻ろうとしていたリヒトの手が再度止まる。

聞き間違えなどではなく、ハッキリと自分の名前が呼ばれた。

わざわざ実家に招待するとなったら、普通は自分の主人であるアリアを選択するだろう。

久しぶりの休暇で浮かれていたリヒトの頭が、ロゼの言葉一つで絡まった蜘蛛《くも》の巣のようにこんがらがる。

「どうして俺を……？」

「だって、リヒトさんは私を生き返らせてくれた恩人ですし……お父様やお母様にも紹介しておきたいなって。ダメ……ですか？」

「ダメ……じゃない」

不安そうな視線を向けるロゼ。

ロゼが本気で感謝してくれている分タチが悪い。

こんな目で見られてしまっては、リヒトに断る選択肢は存在しなかった。

この好意を無下にするわけにもいかないため、リヒトは喜んで（?）招待されることになる。

「一応聞いておくけど、お父さんとお母さんはめちゃくちゃ怖い人ってわけじゃないよな……？」

「それは大丈夫です！　とても優しい人たちですし、リヒトさんのことを伝えれば絶対に歓迎してくれます！」

「そうか。ありがとう」

ふぅ――と一息。

ここから四日間は、かなり充実した日々になりそうだ。

仲間であるロゼとの親睦《しんぼく》を深めるチャンス。

ロゼが他人に何かを頼むということも珍しいため、少しだけ嬉しい気持ちになった。

「そう言えば、その実家に招待してるのって俺だけなのか？」

「いえいえ、ドロシーさんもお誘いしています」

「そ、そうなのか」

自分だけかとリヒトは勘違いしていたが、そんなことはなかったらしい。

肩透かしを食らったような気分。

しかし、逆にドロシーがいると考えたら心強かった。

「私は明日出発する予定ですけど、リヒトさんは大丈夫そうですか？」

「ああ、大丈夫だよ。夜更かししないように気を付けてな」

「もぉー、イリスじゃないんですからー」

ロゼは笑み崩れる。

ここで、ようやくリヒトは食事に戻ることができた。

＊＊＊

「ロゼ……この移動方法はどうにかならないのか……？」

リヒトは、遠い地面を見ながらロゼに問いかける。

人生三度目の空の旅だ。

やはり何度やっても慣れるものではない。

「でも、地上を移動するとなると何倍も時間がかかってしまいますよ？」

「そりゃそうだけど……」

「リヒトが怖がりなだけだって。慣れると楽しいよ」

「ドロシーは慣れるのが早すぎるんだ」

高所に恐怖しているリヒトをフォローするように、ドロシーとロゼが隣を飛んでいた。

気持ち良さそうに飛んでいる二人を見ていると、大きな損をしているような気分になってしまう。

ドロシーに関しては、今回が初めての飛行であるにもかかわらず、ロゼに引けを取らない飛行技術だ。

心なしか、服を掴んでいるコウモリも喜んでいるように見える。

「そうだ、リヒトさん！　お話をして気を紛らわせましょう！」

「こんな時にする話なんてあるか……？」

「ボクは、ロゼさんの昔話が聞きたいかも」

「……確かに気になるけどさ」

ロゼの気遣いによって、リヒトは一瞬だけ空を忘れることができた。

目を瞑って強引に紛らわせようとすると、逆に空を意識してしまうという意外な盲点。

そう考えると、全く関係のない話をするというのは、意外と妙案なのかもしれない。

今は、ロゼが必死に昔のことを思い出そうと努力している。

「私は……泣いてばっかりの子どもでしたね。今考えると、お父様やお母様に甘えていたのかもしれません」

「この前も号泣してたしな」

「あ、あれは、リヒトさんが大怪我をしたから――！」

リヒトの一言に、ロゼは顔を赤く染めて言い返す。

あの時の罪悪感と不甲斐《ふがい》なさは、どれだけの時間が経っても忘れることなどできない。

ただのワガママで流していた――子どもの時の涙とはわけが違う。

「逆にドロシーは泣かないイメージがあるけど、実際はどうだったんだ……？」

「ボクは毎日師匠に泣かされてたよ。子どもの時から弟子入りしてたからさ。今はもう笑い話だけど」

「大変だったんだな……」

リヒトの中で、ドロシーのイメージが崩壊した瞬間だ。

努力とは無縁そうな存在であるドロシーも、過去には血のにじむ特訓をしていたらしい。

永遠の死霊使いは、毎日の積み重ねによってできていた。

「と言っても、国王やお偉いさんに反発してたら殺されちゃったんだけどね。アハハハハ」

「それは笑い話なのか……？　えっ、でも、魔物との死闘の果てに命を落としたって聞いたことがあるぞ？」

「そんなの嘘っぱちだよ。本当は寝込みを五人でグサリとね」

「……これは闇《やみ》が深そうだ」

楽しい会話にするつもりが、人間界のダークな部分に足を踏み入れてしまった三人。

ゆるゆると育てられていたであろうロゼは、話を聞いただけでもブルブルと体を震わせている。

「え、えっと！　好きな動物は何ですか！　私は犬が好きです！」

何とか空気を変えようと試みるロゼ。

その健気《けなげ》さが、リヒトの心に罪悪感を植え付けていた。

少なくとも、ロゼの前でする話ではない。

「……何となくだけど、ロゼさんって犬みたいだよね。凄く良い意味で」

「へ!?　そ、そうですか……!?」

ドロシーの褒め言葉（？）が、ロゼの顔をさらに赤く染める。

ロゼ自身は満更でもなさそうだ。

主人であるアリアのために力を尽くしているところや、褒められると素直に喜ぶところなど、確かに一致している部分は多々あった。

「ド、ドロシーさんは猫に似てると思います！　マイペースですし！」

「褒めてるんだよね……？」

特に意味のない会話。

それでも。

ドロシーとロゼの距離は近付いたような気がした。

他の仲間たちと仲良くなりたいというドロシーの内心を知っているリヒトは、恐怖心も忘れてその光景を眺めている。

「——あ！　ありました！　ありましたよ！　あそこが私の実家です！」

「う、嘘だろ……」

「うわぁ……」

ロゼが指さすその先には。

かなり遠くからでもハッキリ見えてしまうほどに、巨大すぎる城があった。

もはや一つの山であり、ここの娘というならば只者《ただもの》であるはずがない。

魔界に生息しているヴァンパイアの中でも、トップクラスの存在であるはずだ。

(ロゼって……もしかすると凄いお嬢様なんじゃないか……？)

リヒトの中で発生する疑問。

城に近付くにつれて、その疑問は確信へと変わってゆく。

今考えると、普段の丁寧な話し方や、高貴な身の振舞いが暗示していたのではないか——とさえ思えた。

「……ドロシー」

「うん……」

どうやら、ドロシーもリヒトと同じ考えに至っているらしい。

チラリと横目で確認すると、気まずそうにコクリと頷いていた。


「まだ残ってたみたいですね……嬉しすぎて言葉が出てきません」

「そうか……」

とてつもなく巨大な城の前に降り立った三人。

リヒトは、ロゼと全く違う理由で言葉が出てこなかった。

これほど巨大な城――人間界の物と比べることすらおこがましい。

山奥のダンジョンでひっそりと暮らしているのを想像していたということもあり、いつまでも目を離せないままでいる。

そして、それはドロシーも同じだ。

首が痛くなるほど上を見上げても、その城の全貌《ぜんぼう》を捉《とら》えることができない。

城から感じる重圧だけでも、今すぐ押し潰されてしまいそうだ。

「ただいま帰りました！」

そんなリヒトとドロシーに構うことなく、ロゼは噛みしめるようにドアを開けた。

百年ぶりの帰宅――邪魔をするわけにはいかないが、それでも心の準備だけはしておきたい。

ふぅ――と深呼吸をした後。

二人は慌ててロゼの後ろを付いていく。

「ロ、ロゼお嬢様!?」

「た、大変！　ロゼお嬢様がお戻りに！」

ドアの先からは、混乱するメイドたちの声が聞こえてくる。

一人二人の数ではない。

何十人ものメイドたちが、ロゼの帰宅に戸惑っていた。

「リヒト、もしかして……」

「ああ……」

耳に入ってくる情報だけでも、この城の規模が想像できる。

城に火を放ったとしても、ここまでは騒ぎにならないだろう。

ロゼが帰宅したという情報は、音速とも言えるスピードで城の内部を巡っていた。

「ロゼお嬢様……ご無事だったのですね……」

「はい。心配をかけて申し訳ありませんでした。お父様とお母様に会いたいのですが」

「も、勿論でございます！　どうぞこちらへ！」

メイドに連れられて、三人は奥に進み続ける。

かなり広い通路では、すれ違うメイド全てが喜びをあらわにしていた。

中には、喜びで涙を流している者さえ存在する。

「ねぇ、流石にボクたち場違いじゃないかな……？」

リヒトとドロシーは、誰にも聞こえないような声でコミュニケーションを取る。

かなりラフな服装であるリヒトに、魔女のような帽子を被《かぶ》っているドロシー。

二人の格好は、完全にこの城で浮いてしまっていた。

「こ、こういう時こそ堂々としておくんだ。変に困惑してると、田舎者《いなか》だと思われるぞ」

「田舎者のくせに……」

しかし、弱気になることはリヒトのプライドが許さない。

その無駄なプライドがドロシーを巻き込み、不自然なほど背筋が良い二人組を作り出している。

まるで、軍隊の行進のようだ。

「リヒトさん……？　どうかなさいましたか？」

「いや、何でもないよ。本当に何でもないから」

「は、はい……」

「ロゼお嬢様。こちらでございます」

三人が連れてこられたのは、これまた巨大な扉の前。

この奥にロゼの両親がいるらしい。

ノックをして扉に手をかけるメイドに、何故かリヒトの方が緊張していた。

「――ロゼ！　無事だったのか！」

そこには、ロゼの帰宅を喜ぶ二人のヴァンパイア。

父と思われる方は、長く伸ばした髭《ひげ》に片眼鏡《めがね》、タキシードのような服を着て威厳溢れる格好となっている。

二メートルは下らない長身が、さらにその雰囲気を際立たせていた。

リヒトなど簡単に捻《ひね》り潰されてしまいそうだ。

「――あぁ……！　母は嬉しいです！」

母と思われる方も、肩を露出させたドレスで大人の雰囲気を醸し出している。

ロゼと全く同じ髪型が、凛《りん》とした芯《しん》の強さを表しているようだ。

ロゼがこのまま成長すれば、この母のように美しい女性になるのだろうか。

ついつい、そのようなことを考えてしまう。

「お父様！　お母様！」

いつの間にかリヒトの前にいたはずのロゼは、吸い込まれるように二人の元へと駆け出している。

そしてそのままボフリと母の胸に飛び込んだ。

「ロゼ……まさか戻ってきてくれるなんて……」

「お母様……」

「今晩はご馳走《ちそう》だぞ。ロゼが好きだったものを全部用意してやるからな」

「お父様……ありがとうございます！　少し忙しくて報告が遅れてしまいましたが、何とか帰ってくることができました！」

三人のやり取りを、リヒトは黙って見守り続ける。

絶対不可侵――言うなれば、決して邪魔してはいけない領域だ。

そのくらいの常識は、リヒトだけでなくドロシーでも理解していた。

ロゼの花が咲いたような笑顔を見ていると、羨《うらや》ましいとさえ思ってしまう。

「ところで、ロゼ。あちらの御二方はお客様かい？」

「あ！　あのお二人は私の大切な仲間です！」

「ロ、ロゼに仲間が……！　娘の成長を感じられる……母はなんて幸せものなのでしょう……！」

「私が見ていない間に随分と立派になったな。偉いぞ、ロゼ」

「えへへー！」

その会話。

リヒトはムズムズとした異変を感じる。

両親の異様な喜びよう――結婚相手を連れてきたと考えても劣らない。

母に至っては、どこからか出したハンカチで目元を隠していた。

仲間ができたというだけで、これほどの反応とは何か不自然だ。

「お二人ともかなりお世話になっているんです。歓迎してくださいますよね？」

「当然です。ロゼの仲間だなんて、家族と同じですから」

「こちらからも挨拶《あいさつ》をしておかないとな」

「いっそのこと、ここに住んでもらうというのはどうでしょう。それなら、ロゼの姿も毎日見られるし、心配もしなくて済みますね」

「いい提案かもしれないが、彼らの話を聞いてからだな」

ここで、リヒトとドロシーの中に一つの疑惑が浮かび上がった。

「お、お母様、ちょっと待ってください……」

「フフ、ロゼ。言わなくても分かっているわ」

この両親は。

「な、何を分かったのですか!?」

「いいじゃないか、ロゼ。ハッハッハッ」

超がつくほど親バカなのではないか——と。

＊＊＊

「リヒト……かなり豪華な食事なんだけど、ボクたち何もしなくて良いのかなぁ」

「俺たちが手伝っても邪魔になるだけだと思う……静かに座っておこう」

客人として、特等席に座らされたリヒトとドロシーは、次から次へと出てくる料理を眺めることしかできなかった。

対面にはロゼの両親が座しており、とても気まずい空間となっている。

味方であるはずのロゼも、ニコニコと笑っているだけで助けてくれる気配はない。

何か会話をしようと頭を悩ませている中で、先に話しかけてきたのはロゼの両親の方からであった。

「リヒト君……でしたね?」

「は、はい!」

「私の名はアリウスといいます。こちらは妻のカミラです」

「よろしくお願い致します」

「こ、こちらこそ！」

先ほどまでの親バカ具合とは打って変わって、育ちの違いを思い知らされるかのような高貴な佇《たたず》まい。

気を抜くと、体が勝手に跪《ひざまず》いてしまいそうだ。

カミラの挨拶に応《こた》えるべく、リヒトはテーブルに叩《たた》きつける勢いで頭を下げる。

「娘のロゼがお世話になっているようで……確か魔王様のダンジョンに勤めていたはずですが、リヒト君は同僚ということでしょうか？」

「そ、そんなところです……」

「なるほど。日頃のロゼはどうでしょうか……？　上手《うま》くやっていると良いのですが」

「お、お父様……こんなところで」

その質問に答えるために、リヒトは日頃のロゼを思い出す。

そして、その答えは簡単に出てきた。

「えっと、ですね……」

しかし。

リヒトは言葉を詰まらせる。

このようなお嬢様を、ディストピアでは社畜のように扱ってしまっているという事実。

到底答えられるような内容ではない。

肝心のロゼは――建前として嫌がっているものの、チラチラとリヒトの方の様子を窺っていた。

日頃の頑張りを両親に伝えて欲しいのだろう。

とても分かりやすくて可愛《かわい》らしかったが、包み隠さず伝えることは不可能だ。

アリウスとカミラの性格を考えると、ディストピアへ殴り込みとまではいかないが、心配させてしまうだろう。

どのようにして伝えるべきか。

リヒトはここ数日で一番頭を回転させる。

「……小さな仕事から大きな仕事まで、どれもそつなくこなしてくれています。どのような仕事でも引き受けてくれるので、陰ではみんなから感謝されていますよ」

どうだ――と、リヒトは三人を見る。

もし不満そうな顔をしていたら、それをフォローするために次の一言を考えなくてはならない。

ならなかった――が。

その必要はなさそうだ。

「本当にロゼは立派です……母は感動しています……」

「私たちが心配する必要はなかったみたいですね。厳しく育てた甲斐《かい》がありました」

甘いと思います――とは言えなかった。

アリウスとカミラのどちらとも、我が娘の成長を噛みしめるような表情で聞いている。

その表情に、不満という文字は一つも含まれていない。

別に嘘を言っているというわけでもないため、この場はかなり丸く収まった。

「でも、ロゼ。どうして百年間も帰ってきてくれなかったの？　忙しかったのは分かったけど、何か連絡くらい――みんな心配していたのよ？」

「……実は百年の間、私は死んでいたんです」

ガシャン――と、カミラが持っていたグラスが落ちる。

本来なら傍《そば》で控えているメイドが片付けるはずなのだが、そのメイドでさえ驚きで動くことができなかった。

「ど、どういうことなの……？　だって、ロゼは生きているじゃない……？」

「百年前。得体の知れない何かに殺された私たちは、ディストピアの奥底で眠っていました。それを復活させてくれたのが、このリヒトさんなのです」

全員の視線がリヒトに向く。

どのような反応をしたら良いのか分からないリヒトは、何故か申し訳なさそうに一礼をすることになった。

「得体の知れない何かって――いいえ、それよりも、復活させたって……？　ヴァンパイアを蘇生させるなんて、人間の為せる技じゃないわよ」

「リヒトさんならできるんです。私だけじゃなく、魔王様も蘇生させてくれました」

アリウスとカミラの呼吸が止まる。

にわかには信じられないような内容であるが、娘が嘘をつくとは思えない。

大切な娘を救ってもらったという恩は、簡単に返せるものではないからだ。

「……とにかく。リヒト君がいなければ、ロゼは死んだままだったということなんだね？」

「その通りです、お父様」

「これは……参ったな……」

心を落ち着かせるために、ワイングラスを口につけるアリウス。

娘を傷付けた者は容赦なく殺す。

ではその逆、娘を助けてくれた者はどうすれば良いのか。

魔王アリア以来のその存在に、アリウスは頭を悩ませた。

(まるで魔王様と出会った時のようだな。確か魔王様は仲間としてロゼを欲しがった。これをリヒト君に当てはめると、既に仲間になってるわけだし……結婚？　いや、流石に早すぎる)

しかし、それでも答えは出てこない。

熟考に熟考を重ねた上で、慎重に決めるべき問題だろう。

「……リヒト君。君には何とお礼を言ったら良いか分からない。少し考える時間が欲しいから――待ってもらっても構わないかな？」

「へ？　は、はい。勿論……」

潰されてしまいそうな重々しい一言一言に、リヒトは了承の意しか示せなかった。

「さて。少々難しい話になってしまいましたが――食事にしましょう。お二人とも気にせずに食べてください」

この言葉をきっかけに。

五人の食事は始まることになった。

威厳のあるアリウスも、美しい花のようなカミラも、話を進めるうちに意外な一面がどんどんと浮き出てくる。

特にアリウスは、冗談を好む気さくな性格だった。

真面目《まじめ》になるのは、娘に関連することだけのようだ。

ロゼの手助けもあり、打ち解けるまでに時間はかからない。

食事の終盤には、マナーを意識するリヒトもドロシーも存在していなかった。

＊＊＊

「リヒト君。悪いね、ここまで付き合わせてしまって」

「いえいえ」

リヒトとアリウスは、最後までテーブルで酒を交わしていた。

ドロシーとロゼはもう食べ終わって浴場へと向かっており、カミラに関しては美容のために就寝してしまったらしい。

残されたのは、冗談を言い合って盛り上がっていたこの二人である。

酒の力も借りながら打ち解け、かなり気軽に話せる仲になっていた。

「リヒト君の話を聞いていると、驚かされてばかりですよ。まさか魔王様たちを一気に蘇生するなんて」

共に話を進めた二時間。

この時間で、アリウスの興味は一直線にリヒトへと向かっていた。

不老の肉体を持つヴァンパイアでも、誰かを蘇生させることは不可能だ。

ロゼを守るという意味では、魔王よりも頼りになるかもしれない。

「……そういえば。ロゼとアリアって、どのようにして出会ったんですか？　魔王とヴァンパイアって、あまり交わらないような気がするんですけど」

リヒトの口から出てきたのは、ずっとどこかで気になっていたことであり、アリアにも聞きそびれていたことだった。

魔王とヴァンパイア――通常なら、ライバル的な存在と言っても過言でない。

そもそも、ヴァンパイア自体が他の種族とは馴《な》れ合わない傾向にあるため、ロゼというのはとても不思議なポジションである。

「魔王様との出会いは忘れられませんよ。彼女もまた、私たちの命の恩人なんですから」

アリウスは懐かしむような表情で、リヒトの質問に答えた。

「かつて、百人を超える吸血鬼狩りに囲まれてしまいましてね。子どものロゼを守りながら戦っていたのですが、当然そう長くは持ちませんでした」

リヒトは息を呑《の》む。

吸血鬼狩り百人に囲まれる状況を想像して、相槌《あいづち》の言葉が出てこなかったのだ。

リヒトが人間界で捕らえられた時にいた兵士が十人。

その十倍の数の敵を相手に――なおかつ子どものロゼを守りながらという条件は、あまりにも厳しすぎる。

もしリヒトがその立場であったとしたら、戦いにすらなっていないだろう。

「私たちは何とかロゼを生き残らせようとしていたのですが、それも吸血鬼狩りたちは見抜いていました。意図的にロゼを狙うことで、効率良く狩ろうとしていたのでしょうね」

「……となると」

「はい。到底守りきれるはずもありません」

ですが――と、アリウスは付け加えた。

「そこで現れたのが、魔王様だったのです。最初はさらに敵が増えたと思っていましたが、魔王様が攻撃したのは吸血鬼狩りだけでした」

「……アリアなら、何だか分かる気がします」

「それからはもう一瞬でした。魔王様が何をしたのかは一切見えませんでしたが、気が付くと死体の山が目の前にできていたんです」

アリアとロゼのファーストコンタクト。

それは、確かに一生忘れられないほど衝撃的なものだったのだろう。

ライバルであるヴァンパイアを助けるというのも、アリアなら容易くしてしまいそうな行為だ。

それが気まぐれなのか――それとも、明確な理由があってのことなのかは不明だが、ロゼからしたら一人のヒーローに変わりはない。

アリアに対して、圧倒的な忠義を示しているのも理解できる。

「そ、その後はどうなったんですか……？」

「当然魔王様にはお礼をしようとしましたよ。ですが、要求はたった一つだけ。ロゼを仲間にしたい――でした」

「……アリアらしい」

「私たちは悩みましたね、何と言っても大事な一人娘ですし――と。ゆっくりしていたら、ロゼがお願いしますと頭を下げるものですから……ハハハ」

「……ロゼらしい」

過去の二人の性格は、現在に至るまで全く変わっていなかった。

アリウスに釣られて、リヒトまでクスリと笑ってしまう。

アリアがそこまで強引に欲しがるという人材など一握りだ。

幼いロゼを一目見ただけで、その才能を見抜いていたらしい。

そして、そのロゼも迷わずにアリアの下につくことを選ぶ。

出会ったその瞬間から、常人には窺い知れない深い繋がりが存在したのだろう。

「結局、私たちは娘の意思を尊重したわけです。今考えると、それで正解だったようですね」

「そうですね」

「ちなみに、リヒト君はどうして魔王軍に？　人間であるのならば、魔王様とは敵対するはずの立場だったと思うのですが」

アリウスの鋭い質問。

ついつい答えを濁そうかとも考えたが、ロゼの父親にそのようなことをできるはずがない。

だが、いつかは聞かれると思っていたため、驚きの感情は大きくなかった。

心の奥で隠していた心情を、ポツポツとリヒトは語り始める。

「人間たちへの復讐《ふくしゅう》……です。まだこれは、アリアにも伝えていないんですけど」

「人間たちに？」

「はい。人間界を追放されて以来、ずっと許せないままでいます。これは誰に言われてもやめる気はありません」

（――なるほど。かなり恨んでいるみたいだな。簡単な理由ではなさそうだ）

リヒトの覚悟。何故人間に復讐したいのかまでは分からないが、それはアリウスの予想通りではあった。

何か力になれないか――そう提案しようとした時だった。

「――お父様……？　何のお話をされているのですか？」

全く気にしていなかった背後から。

聞き慣れた声が、アリウスに向けて発される。

酒を飲み、話に夢中になっていたということもあり、二人ともロゼの足音には気付いていなかった。

微《かす》かに濡《ぬ》れたポニーテールが、首を傾《かし》げる動きと共に左右に揺れる。

「か、軽い昔話さ。ね、リヒト君……？」

「は、はい……」

「そうだったんですね。話の邪魔をしてすみませんでした。おやすみなさい……ふぁう」

疑うということを知らないロゼは、何も怪しむことなく用意された部屋へと戻っていく。

かなり疲れが溜《た》まっているようだ。

眠そうなその姿を見ていたら、リヒトにまで眠気が移ってしまった。

「少し盛り上がりすぎたみたいですね。今日はお開きにしましょうか」

「はい、ありがとうございました」

リヒトとアリウスが立ち上がると。

粛々とメイドたちが食器を片付け始めた。

第五章 吸血鬼を狩るモノ

「リヒトー、待ってよー」

「あ。ご、ごめん。早足になってたか？」

「うん、もうちょっと落ち着いて」

リヒトとドロシーは、巨大な吸血鬼城の内部を散歩という形でさまよっていた。

広すぎて、自分たちが今どの辺りにいるのかすら分かっていない。

本当に各部屋を見て回るとしたら、残りの休暇を全《すべ》て捧《ささ》げることを覚悟するレベルだ。

言い出しっぺのリヒトは、申し訳ない気持ちでドロシーを見る。

「それにしても、ただの廊下なのに凄《すご》い輝きだね。このカーペットとか、土足で進んでも良いのかなぁ……？」

「そんなこと言いだしたら、触って良いのかすら分からないものまであるぞ。ロゼは気にするなって言ってたけど、やっぱり無理だよな」

庶民を代表するかのような二人は、目に映る高級そうな物全てに目を釘付《くぎづ》けにされていた。

やはり、数日で慣れるほど生温《なまぬる》いものではない。

雰囲気だけでも胃が痛くなってくる。

「ロゼさんはどこをオススメしてくれてたっけ？　そこに行ってみようよ――道が分かればだけど」

「確か……図書室が凄いことになってるらしいぞ。色んな本で埋まってるみたいだから、俺《おれ》たちが気に入る本があるかも」

「あ、それは楽しみ」

二人の目的地は、特に衝突することなく無事に決まった。

辿《たど》り着けるかどうかは不明だが、向かってみる価値はある。

特にドロシーは、眠っている知識に興《きょう》味《み》津《しん》々《しん》だ。

「……で、道は分かってるの？」

「……分からないから、誰《だれ》かに聞いてみないと――」

「――お呼びでしょうか、リヒト様」

「――わっ⁉」

リヒトが誰かに頼ろうとした瞬間。

それと完全に同じタイミングで、背後から声がかかった。

冷静に後ろを向くドロシーに、情けない声を上げるリヒト。

二人の視線の先には、一人のメイドが立っていた。

見《み》惚《ほ》れてしまうような銀髪を肩にかけながら、リヒトの次の言葉を待ち続けている。

「えっと、メイドさん……ですよね？」

「はい。私はカノと申します。ロゼ様の指示で道案内を任されまして。これからよろしくお願いしますね」

「こ、こちらこそ……」

どうやらロゼは、二人のことを気遣ってメイドを一人つけてくれたらしい。

カノは、真面目《まじめ》な表情でとても頼りになりそうな存在だ。

少しだけリヒトの気が楽になった。

「図書室に行ってみたいんですけど、ここから遠いですか？」

「いえいえ、すぐそこですよ。付いてきてください」

カノはそう言いながら、右へ左へと進んでいく。

リヒトたちと違って一歩一歩に迷いがない。

恐らく、頭の中にこの城の情報が詰まっているのだろう。

どれほどの時間をメイドとして務めているのかは分からないが、とても頼れる存在だ。

と。

そのようなことを考えているうちに、三人は図書室の扉の前にいた。

「こちらです。リヒト様、ドロシー様」

カノが扉を開けたその先には、本で溢《あふ》れる空間が広がっている。

ここにフェイリスがいたとしたら、本棚に向かって突進してしまいそうだ。

フェイリスの領域も片付いていれば、このように壮観な光景になっていたのだろうか。

断られる未来は見えているが、掃除を手伝った方がいいのかもしれない。

「おおー。二百年も前の本が普通に置いてある！　ネクロマンサーの本とかないかなー」

フェイリスだけでなくここにも、本棚に向かって突進する存在が一人いた。

図書室の中を掃除している他のメイドが、ドロシーの声にビクリと反応してしまっている。

全く周りが見えていない。

「……おーい」

リヒトの声も届かず。

ドロシーは、蜜《みつ》に誘われる昆虫のように奥へと進み続けた。

あの状態では、もう何を言っても無駄だ。

「ドロシー様はとても勉強熱心な御方なんですね」

「そうみたいです――って、あそこに飾られている本……見てみても良いですか？」

「はい！　勿論《もちろん》です！」

リヒトが見つけたのは、明らかに他《ほか》の物とは毛色の違う本であった。

その巨大さは本棚に収まるようなものではなく、その本専用の台が設置されている。

表紙には加工されたドラゴンの皮。

そして、それに埋め込まれている宝石。

一国の宝として扱われていても違和感がないほど、とてつもない存在感である。

そんなものが、気にならないわけがない。

嬉《うれ》しそうなカノの了承と共に、リヒトはその一ページを開けた。

「………なるほど」

この本は、ロゼの成長を記録している写真集だった。

「どうですか、リヒト様？　私はこちらのロゼ様が好きなんです」

「はあ……」

カノが指さした場所には、五歳児ほどのロゼが笑顔で写っている。

邪悪な心が、全て浄化されるかのような笑顔だ。

アリウスやカミラを始めとして、メイドたち全員がメロメロになってしまうのも理解できた。

「この頃《ころ》のロゼ様は、とても元気が良くて大変だったんです。私たちメイドの後をずっと付いてきたりして……」

「へぇー。やっぱり、ロゼにもそういう時期があったりしたんですね」

「はい。転んだりして擦り傷を作った時は、城の全員で看護をしたりしました」

カノは、懐かしそうな顔で思い出を語っていく。

何百年も前の記憶だとしても、全く薄れていない。

まるで昨日の出来事かのような口調である。

「今の落ち着いたロゼ様も好きなのですが、昔のロゼ様も恋しかったり——あ！　すみません。変な話になっちゃいましたね……」

「いえいえ、大丈夫ですよ。これがその時の写真ですか？」

「そうです。こちらは看護中の写真で、こちらは治療が終わって寝ちゃってる時の写真ですね」

リヒトが見つけた写真に、カノの説明が付け加えられた。

放《ほう》っておくと、一人でいつまでも喋《しゃべ》ってしまいそうだ。

それほどまでに、思い出深い出来事なのだろう。

おびただしい数の写真が、それを裏付けるように存在している。

擦り傷の治療開始から完了まで、一分ごとに写真を撮っているらしい。

何も知らないリヒトが見ても起承転結《きしょうてんけつ》が把握できるほどに、しっかりと記録されていた。

「……リヒト様」

「はい？」

「実は、魔王様の元で働かれているロゼ様の写真も残しておきたいと考えまして……」

カノはその言葉と共に、一つの写真機をリヒトに手渡す。

この行為だけで、カノが言いたいことは十分に理解できた。

「当然報酬は用意させていただきます。人間界のお金でよろしいでしょうか？　それとも、財宝のような物の方がよろしいでしょうか？」

「いやいや！　そんな物はいりませんから！」

リヒトは、報酬を見せようとするカノを止める。

この城の規模だと、金山を一つ与えられたとしても不思議ではない。

ただのカメラマンだけで、それほどの報酬をもらうのは気が引けた。

「ほ、本当によろしいのですか……？　お望みでしたら、追加で用意することも可能ですよ」

「大丈夫です、大丈夫ですから。ロゼが働いているところを撮れば良いんですよね？」

「……？」

「はい！　よろしくお願いします！　千枚ほどあれば、アリウス様もカミラ様もお喜びになるかと」

「千枚⁉」

リヒトは頭を悩ませる。

仕事を引き受けるのは確定したが、それはあまりにも重労働だ。

百日で考えると、一日に十枚ほど写真を撮らなくてはいけない。

そこまでいけば、もうカメラマンではなくストーカーであろう。

「流石《さすが》に千枚は……」

「一枚につき、金を一キログラムでお願いします」

「……それはロゼに送ってあげてください。仕事はやりますから」

ロゼを使って金を稼ぐという罪悪感は、リヒトが耐えられるものではなかった。

この様子だと、カノも諦《あきら》める気配がないため、千枚撮ることは確定事項となる。

「では、頑張ってください！　楽しみに待っておりますね！」

「……分かりました」

リヒトは大きすぎる期待を受けながら、そのカメラを首へとかけた。


「リヒト！　この本凄いよ。初めて見るような知識が沢山ある。もし譲ってもらえるなら、いくらでも払っちゃうよ」

「……そうなのか？　俺にはよく分からないけど」

リヒトは十分ほどの捜索のすえに、本を読み漁《あさ》っているドロシーを発見した。

ここに積まれている本は、ネクロマンサーにとって国宝級の存在なようだ。

何でもない人間であるリヒトからしたら、ただの古本にしか見えない。

軽く数ページほどめくってみても、解読不能な文字が目に映るだけである。

「……ドロシーはここに書いてある内容が分かるのか――というか、読めるのか？」

「当たり前だよ。ちょっと翻訳する必要があるけど、ある程度の能力があれば大丈夫なものだし。義務教育レベルだよ」

ドロシーは、当たり前のようにリヒトへ答えた。

義務教育レベル――生きていた年代が違うため、ドロシーの言葉がどこまで正確なのかは分からない。

それでも、ドロシーの能力が非常に高いということは理解できる。

ペラペラとページをめくり、それを一瞬で翻訳して頭に焼き付けていた。

「リヒトも、読み終わった本はそこに置いてて良いよ。勝手に戻しておくからさ」

「……普通はそんな短時間で読み終わらないよ」

圧倒的な読書スピードで、ドロシーは次から次へと本に手をつける。

ドロシーの使役している死霊たちが、読み終わった本を戻し、また新たな本を取ってくるため、無限にそのループは続くことになるだろう。

図書室で――そして、他人の家で死霊を出しても良いのかという疑問はあったが、掃除しているメイドたちが気にしている様子もないので、リヒトが口を出すことはできなかった。

「リヒト。試してみたいものがあるから、動かないでもらってて良い？」

「いやいやいやいやいや――うわっ！」

リヒトの返事を聞く前に。

無数の白い手が、地面から生えるようにしてリヒトの足に絡みついた。

とてつもない力であり、リヒトでは引き剥《は》がすことができない。

ドロシーは覚えたばかりの技術を、隠すことなく見せつける。

長年埃《ほこり》を被《かぶ》っていた術が、天才ネクロマンサーの手によって今やっと開花した。

「——解除！」

ドロシーが命令した直後、白い腕は溶けるようにして消えた。

リヒトの足には、何とも言えない痺《しび》れが残っている。

覚えたばかりであるにもかかわらず、かなり形になっている術。

もう少し時間をかければ、完璧《かんぺき》に近い出来になるはずだ。

「いてて……これが書いてあったことなのか？」

「これだけじゃないよ。もう一つあるんだけど、死体が必要なんだよね。ここにはなさそうだから、今度試してみる」

驚きを隠せないリヒトに、少し残念そうな顔をするドロシー。

ドロシーはこの短時間で、既に二つの術を身につけたらしい。

死体が必要とは、かなりネクロマンサーらしい能力だが、この城の中でその願いは叶《かな》わないであろう。

リヒトが死体になることもできないため、試す機会はまた今度になりそうだ。

「はー、敵が来れば試すこともできるんだけどなぁー」

「怖いことを言うな……それに、死体を使って何をするんだ？」

「ここに書いてある内容だと……死体に魂を入れ込んで、操ることができるんだって」

まあでも――と、ドロシーは付け加える。

「リヒトがいるならこの術は必要ないか。時間制限もあるし、死体も必要だし、何回も使えるわけじゃないから」

リヒトの《死者蘇生《ししゃそせい》》と比べることで、ドロシーは諦めがついたようだ。

それは同時に、時間制限も使用制限もなく、死体すら必要としないリヒトのスキルの異常性を示していた。

「……ちょっと嫉妬《しっと》しちゃうかも」

「ん？　何か言っ――」

「何でもないよ」

リヒトはドロシーの才能が。

ドロシーはリヒトのスキルが。

二人は互いに羨《うらや》ましさを感じていた。

＊＊＊

「リヒトさん……起きてください」

一夜明けて、ベッドの上でスヤスヤと眠るリヒト。

ロゼは耳元で囁《ささや》くようにして起こそうとするが、全くそれが実る気配はない。

強引に起こすため肩に触れると、嫌がるようにして寝返りを打たれてしまう。

もしこの場にドロシーがいれば、ボディプレスでもして叩《たた》き起こすのだろう。

しかし、ロゼにそのような真似《まね》はできなかった。

ユラユラと――リヒトの肩を揺すり続ける時間が続く。

「リヒトさーん……お昼になっちゃいますよー」

ロゼが言葉をかけたとしても、リヒトからの返事は一向にない。

むしろ、その言葉が深い眠りに誘っているようだ。

（どうしよう……起こさないと流石にダメだろうし。ドロシーさんを呼んできたら――リヒトさんが可哀想《かわいそう》だし……仕方ないよね）

このままでは埒《らち》が明かないと判断したロゼは、覚悟を決めたようにリヒトの腕を取る。

そして、カプリと軽く噛《か》み付いた。

《眷属化《けんぞくか》》を目的とした吸血ではなく、刺激を与えることを目的とした吸血。

痛みの調節には自信があるため、ドロシーが起こす時のように文句を言われることはないはずだ。

「……んん」

いくら熟睡しているリヒトと言えど、体に起こる異変を無視できるほど鈍感ではない。

ロゼの狙《ねら》い通り、パッチリと目を覚ました。

「――ロゼ……？　な、何をしているんだ……？」

「リヒトさん！　起きてくれたんですね！」

「ま、まさか眷属化したのか!?」

「使っていませんよ！　血を吸った後に、私の体液を流し込まないと眷属化できませんから！」

「そ、そうか……」

リヒトはおかしな変化がないことを確認すると、ホッと一息つきながら布団《ふとん》へと戻る。

「ちょっと！　また寝たら意味がないじゃないですか！」

予想外の行動に、ロゼは布団を引き剥がした。

眠気が覚めてしまったということもあり、もう二度寝をすることは不可能だ。

酒によって与えられた痛みを我慢しながら、甘んじて朝を受け入れるしかない。

「まったく……昨日飲みすぎたんじゃないですか？　お父様と同じペースだなんて無謀だと言いますのに……」

「そうだな……完全にミスだった」

「朝ご飯は食べられますか？　もし無理そうでしたら――」

「いや、大丈夫。ご馳走《ちそう》になるよ」

「リヒトさんも相当お強いですね……」

リヒトは体の疲れを抜くように一呼吸置き、片腕で体重を支えながら立ち上がった。

こうなると、もう痛みは気にならなくなる。

「――あれ。その服……」

「……？　どうしました？」

意識をハッキリと持ったリヒトが最初に目にしたのは、美しいドレスに身を包んだロゼの姿であった。

カミラと比べても全く見劣りしない。

露出を意識していたカミラとは対照的に、ロゼは露出の少ないお淑《しと》やかな格好だ。

背伸びをすることなく、自分に合ったチョイスとなっている。

お嬢様だと実感してしまうその姿を見て、わざわざ起こしに来てもらったことが申し訳なく感じた。

「ほら。行きましょう、リヒトさん。あまり遅いと、本当に食べられなくなっちゃいますよ？」

「わ、分かった」

ロゼに手を取られながら、リヒトはみんなの元へ向かうことになった。


「あ。おはよー、リヒト」

「おはよう」

リヒトとロゼが到着したテーブルでは、ドロシーが一人で食事を楽しんでいた。

その皿には大量のパンが積まれている。

朝食にしてはかなり欲張った量だ。

「あれ？　お父様とお母様はどうなされたのでしょう……」

「少し慌てた様子で出ていったよ。何かあったのかも」

「心配ですね……何でもないと良いですけど……」

ロゼは、不安そうな面持《おもも》ちで席へと座る。

いつもは傍《そば》で控えているはずのメイドも、今朝は何故《なぜ》か姿が見えない。

何か悪い予感が二人の頭を過《よ》ぎった。

「流石に考えすぎじゃないか？　きっとサプライズの準備をしてるんだよ」

「そ、そうだといいんですけれど……」

「リヒトは楽観的すぎるんだよー、敵が来てるかもしれないのに」

リヒトは余裕を持って席に着き、用意されていた水を飲む。

これほど大きな吸血鬼城――攻めてくるとなると、よほど強いと自負する者だけだ。

わざわざ、虎《とら》の住処《すみか》に近寄ることはしないだろう。

「そもそも、敵が来てるんだったらこれだけ静かなのもおかしいだろ？」

「なるほど！　確かに敵が来ていたら、私たちにも教えてくれるはずですしね！」

「一理あるかも――」


「皆さま！　侵入者が現れました！」

リヒトのロジックは、僅《わず》か数秒で崩されることになる。

気まずそうな顔をするロゼ。

またかという表情のドロシー。

そしてリヒトは、何も言うことなく立ち上がった。

＊＊＊

「アルフ……本当に良かったのか？　やっぱり危険だと思うぞ……」

「あんな馬鹿《ばか》げた報酬を見せられて引けるかよ。この仕事さえ終わっちまえば、後は遊んで暮らすだけだぜ？」

「ヴェート、ここまで来て逃げるの？　情けないわね」

吸血鬼城の前で身を隠す三人。

ヴァンパイアを狩ることを生業《なりわい》としている者たちであり、その中でも鬼才と称されてきた集まりである。

彼らの一歩を、その巨大すぎる風貌《ふうぼう》が妨げていた。

ヴァンパイアに慣れている彼らでさえ、怖気《おじけ》づいてしまうほどの雰囲気だ。

「チッ、写真で見たのとは大違いじゃないか……アルフがもう少し確認してたら良かったのに」

「おいおい、ヴェート。いい加減にしとけよ」

「別に城が大きいだけじゃないの。今回はちょっと大きすぎかもだけどさ……」

やさぐれたように愚痴をこぼすヴェート。

ヴァンパイアが城を持つということ自体が珍しいことではない。

しかし、その大きさがあまりにも規格外だった。

金に釣られてしまった自分の浅はかさを、もう既に後悔し始めている。

「どうせなら成功した時のことを考えなさいよ。三人で分けたとしても、一生遊べるだけのお金が手に入るのよ？」

「そうだぜ、ヴェート。俺たちの中で一番強いのがお前なんだ。つまり、お前が諦めちまったんじゃ、勝てるものも勝てないんだよ」

「そうか……そうだな。アルフもレーネもすまなかった」

アルフとレーネは、ヴェートの心変わりにホッと息を撫《な》で下ろした。

ヴェートの実力を二人はよく知っている。

吸血鬼狩りとしての能力は、明らかに二人よりも格上だ。

ネガティブな思考回路のせいで、戦わずに終わってしまうことが多々あるが、それを加味してもこのチームのエースであった。

「言っとくが、今回ばかりは失敗できねえぞ。もし成功したら、お前はもう二度と戦わなくてもいいんだ」

「……なるほど、そういう考え方もできるな」

「良かった。やる気になってくれたみたいね」

アルフの言葉が決め手となり、ヴェートは迷うことなく立ち上がる。

戦うということは、少なくとも自分の命が危険に晒《さら》されるということ。

溢れる才能のため無理やり戦わされていたヴェートだったが、その行為をしなくても良くなると考えると自然に力が湧《わ》いてきた。

「それじゃあ、最初の作戦通りでいいな？」

「三方向から攻める――だったわよね？」

「ああ。今ある情報だと、ここにいるヴァンパイアは二匹だ。挟み撃ちにでもしてしまえば、普通に勝てるだろう」

アルフの作戦に反発する者は誰もいない。

いつもなら文句を言っているはずのヴェートも、今回は静かに頷《うなず》いている。

これまでの経験上、ヴァンパイアが城を捨てて逃げるということは有り得ないため、引き分けという結果は存在せず、どうやっても決着がつく。

三人は、冷静に呼吸を整えた。

ヴァンパイアを殺すためだけに作られた武器に、そっと各々《おのおの》の手が触れる。

並のヴァンパイアであれば、斬《き》りつけただけでも死亡してしまうほどの代物だ。

「この城に二人って贅沢《ぜいたく》すぎるわね。まったく羨ましい限りだわ」

「流石に二人だけではないだろ。下僕たちを多く飼ってるんじゃないか？」

「下僕を飼ってるってことは、そいつらも退治しないといけないってこと？　気が遠くなりそうなんだけど……」

「いや、あくまで俺たちの敵はヴァンパイアだ。主人を失えば紛い物はいなくなるさ」

そのアルフの言葉を最後に。

三人の吸血鬼狩りは、バラバラに散らばることになる。

＊＊＊

「チッ……流石に広すぎたか？　誰もいないぞ」
アルフは、ブツブツと呟《つぶや》きながら広大な城内をさまよっていた。
十分ほど歩いてみたものの、ヴァンパイアどころか下僕とさえ出会うことがない。
ドンドンと落ちていく集中力に、アルフは自ら喝を入れる。
「……それにしても凄い内装だな。人間界ならいくらするんだ……？」
そんな緊張感の中で目に入ったのが、一定の間隔で置かれている花瓶だ。
飾られている花も当然美しいが、それより何倍も花瓶の方が美しい。
完全に花の方を食ってしまっている。
もしこれだけを盗んで帰ったとしても、それなりの金は手に入るだろう。
それほどの価値を持つ芸術品が、まるでついでのように置かれていた。
この場に長くいると、アルフの感覚まで麻痺《まひ》してしまいそうだ。
「――ドロシー様！　こちらです！」
静寂の中で響く声。
その声の元には、メイド服を着た一人の女が立っている。
純粋なヴァンパイアではない。
恐らく眷属化した元人間であろう。

この様子だと、アルフたちが侵入したことにはもう気付いているようだ。

ヴァンパイア以外なら見逃《みのが》していたが、ヴァンパイアと分かると話は別だった。

「おい、喋るな」

アルフは一瞬でメイドの背後に回り、チクリと短剣を突き立てる。

ヴァンパイアと言えど、心臓を貫いてさえしまえば死は免れない。

これで多少は押さえつけられるはずだ。

まずは主人の情報を聞き出すことから始まる——はずだった。

「ドロシー様！」

「——なっ⁉　この女‼」

直後にメイドが大声を上げたことで、アルフは我慢できずに心臓を貫いた。

この状況で怯《ひる》まずに声を上げるとは予想していなかったため、勢いに任せて動いてしまった。

この場から一旦《いったん》逃げ出すべきか、それとも余裕を持って待ち構えるべきか。

これまでの経験を頼りに、頭の中でこれからの展開を作っていく。

「——ん？　何だ……？」

そこでアルフを突然襲ったのは、足に何かが絡みついているかのような感覚。

胸の辺りを血で染めているメイドを投げ捨てながら、アルフは急いでその箇所に目を向けた。

「うおっ⁉」

そこにあったのは、地面から生えた真っ白な腕。

細く——そして妙に力強い。

泥沼の中央で立っているのと同じように、体がズブズブと引き込まれている。

本能的に危険を感じたアルフは、力いっぱいにその腕を蹴《け》り払った。

「……あ、メイドさん。間に合わなかった……ごめんなさい」

「出たな、ヴァンパイ……ア？」

ドロシーと呼ばれていた人物は、死んでいるメイドの方を申し訳なさそうに見つめていた。

走って駆けつけたのか、息が荒く戦う準備さえまともにできていない。

ましてやアルフの方すら見ておらず、戦場とは思えないほど隙《すき》だらけの状態。

アルフほどの実力者なら、いつでも殺すことができる。

しかし。

アルフはその一歩を踏み出せないでいた。

ドロシーと呼ばれていた女が、ヴァンパイアではなかったからだ。

（この女……間違いなく人間だ。同業者か……？　いや、それならこのメイドに謝るようなことはしない。敵であるのは分かったが、どうしてこんなところに……）

アルフは頭の中で考えを巡らせるが、それでも結論は出てこない。

そもそも、このように不気味な術を使う者を相手にしたことがないので、何もかもが初めてである。

「貴様、人間だな。手を後ろに回して跪《ひざまず》いたら、命だけは助けてやるぞ」

「これなーんだ？」

アルフの声を無視して、ドロシーは遅れてやって来た死霊から、一つの大きな杖《つえ》を受け取る。

大胆すぎる宣戦布告《せんせんふこく》。

「──チッ！　この野郎！」

この行為によって、戦いの幕は切って落とされることになった。

先に攻撃を仕掛けたのは、短剣を持ったアルフの方だ。

ドロシーはヴァンパイアでないため、どこを狙っても致命傷となる。

心臓などの小さな急所を狙うことが多いヴァンパイアに比べると、人間は簡単すぎる相手であった。

「──おっと」

しかし。

そう容易《たやす》く命を差し出すドロシーではない。

頭蓋の埋め込まれた杖を器用に使いながら、アルフの動きに対応している。

明らかに素人《しろうと》の動きではなかった。

(不気味な女だ。只者《ただもの》でないのは確かだが、対人にまで慣れている。それにさっきの術……訳が分からん)

互いに武器を交える中で、ドロシーの力量をおおよそ見定めたアルフ。

それは、限りなく最高の評価に近いものだ。

魔術師系の人間で、自分と対等に渡り合える者など数えるくらいである。

どれだけ低く見積もっても、英雄級の実力は確実にあった。

「《死霊《しりょう》の腕《うで》》」

「それはもう効かんぞ！」

地からアルフを捕まえようと伸びる腕。

先ほどより数が増えていたが、攻撃の内容を知っていれば何の問題もない。

細く白い手の動きを完全に見切り、指一本触れさせることはなかった。

「――グェッ！」

腹部に走る衝撃によって、苦しみの混ざった声を漏らすドロシー。

アルフの鍛え抜かれた蹴りが、ドロシーの体を怯ませる。

柔らかさの残る僅かな腹筋で、アルフのつま先が防げるわけがない。

襲いくる吐き気を我慢しながら、ドロシーはキッと男の顔を睨《にら》み直した。

「流石に近接では俺の方が上だ。どうだ、今なら取り引きを――」

「するわけないじゃん、ばーか」

「……フン。ただの馬鹿だったか」

失望したようにアルフは、ドロシーの顔を見下す。

人間を殺してしまっては寝覚めが悪い。少しの慈悲をかけようとしていたが、それも無駄だったようだ。

ドロシーの正体は一体何だったのか。

結局分からないままだが、今となってはどうでもよい。

「じゃあ死ね」

「――この！」

間一髪。

糸が切れたように突進してくるアルフの手から、ドロシーは短剣を蹴って弾《はじ》き飛ばした。

「……惜しい女だ」

少しだけ痺れる右腕をチラリと見ながら、アルフはそのままドロシーの首を掴《つか》んだ。

たとえ短剣を失ったとしても、ドロシーを殺す方法はいくらでも存在する。

ましてや、呼吸もまともにできていない状態なら尚更《なおさら》だった。

足をかけ、勢いよく転ばせて馬乗りに。

この状態になると、あとは首を絞めている腕に力を入れるだけで決着だ。

変に長引かせておかしな術を使われるわけにもいかないため、アルフは両手に最大の力を注ぎ続ける。

そして。

ドロシーの抵抗する力が弱くなってきた頃——倒れたのはアルフの方だった。

(なっ!? お、お前は……! さっき殺したはずなの……に……!)

アルフの首に突き刺されたのは、ドロシーの蹴りによって弾き飛ばされた短剣。

それを行ったのは、心臓を貫き確実に殺したはずのメイドである。

別人ということはない。

その胸元には、血がベッタリとついている。

ならば——どうして立ち上がり、攻撃をしているのか。

何が起こったのかを理解することなく。

その傷が致命傷となり、アルフは力尽きた。

「――ゲホッ！　ゴホッ！　絶対アザになってるよ……これ」

ドロシーは、自分の上にのしかかっているアルフの死体をどかしながら、ゆっくりと立ち上がる。

まだ首には、絞め付けられている感覚が残っていた。

「……あ、勝手に使ってごめんなさい。初めてだったけど、上手《うま》くいって良かった……」

虚《うつ》ろな目で、棒立ちの状態になっているメイド。

呼吸はしておらず、アルフと同様に死んでいる状態だ。

中にいる死霊を回収すると、メイドは力なくドロシーの胸に倒れた。

「覚えなくてもいい術かと思ってたけど、そんなことはなかったみたい……リヒトとロゼさんは大丈夫かな……？」

ドロシーはすぐさま援護に向かう――前に、どっしりとその場に座り込んだ。

＊＊＊

「よいしょっ。はい三匹目」

剣を持ったレーネは、メイド目掛けて容赦なく振り下ろす。

ヴァンパイアの眷属と、プロの吸血鬼狩りでは流石に相手が悪い。

メイドは為《な》す術《すべ》もなく、膝《ひざ》から崩れ落ちた。

そこは、三人分の死体が血の海を作っている。

「……雑魚しか出てこないけど、どうなってるの？　ヴェートやアルフは大丈夫かしら」

自分のところに雑魚《ざこ》しか来ないということは、残りの二人のところに戦力が回されているということだ。

ヴェートならば心配ないものの、アルフでは手に余る可能性がある。

一秒でも早く挟み撃ちの形にするため、レーネは走るスピードを更に上げた。

「――侵入者っ!?　ここは通しません！」

「……なんだ。紛《まが》い物か」

四匹目。

これもまた純粋なヴァンパイアではない。

このメイドは何も武器を持っていないことから、戦いというものを全く理解していないようだ。

通常の人間であれば、眷属化によって得た力で捻《ひね》り潰《つぶ》せるだろう。

しかし、それはあくまで一般の人間の話。

レーネたちのように能力を身につけた者の前では、傲慢《ごうまん》以外の何者でもなかった。

「貴女《あなた》もこの三匹のようになりたくなかったら、さっさと主人の場所を教えなさい」

「――三匹？　ひっ……!?」

既にレーネが殺した三人の死体を見て、思わず口に手を当てるメイド。

どうやら本当に戦いを知らないらしい。

人間であった時には、有名な貴族の元でぬくぬくと育てられてきたのだろうか。

そう考えると、なかなか納得できてしまうほどの美貌《びぼう》をメイドは持っている。

かつて貴族に嫌な思いをさせられたレーネは、自分でも無意識のうちに剣を抜いていた。

「早く言わないと殺すわよ？　貴女の代わりは何人でもいるんだから、喋った方が賢明だと思うけどね」

「わ、私は屈しません！」

「あらそう。なら拷問《ごうもん》でもしようかしら。指を一本ずつ潰していくの。神経が詰まってるらしいから痛いだろうなぁ。何本目でギブアップするんでしょうね？」

「ひいぃ!?」

メイドは顔を真っ青にして後ずさる。

これまでにない——かなり面白い反応だ。

もう少し遊ぼうかとも考えたが、先ほど自分が言ったように時間がない。

少々名残《なごり》惜しい気持ちも感じながら、確実に殺すために剣を構えた。

「それじゃあね」

「——くっ！」

メイドは覚悟を決めたように、爪《つめ》と牙《きば》を剥《む》き出しにして突撃する。

純粋なヴァンパイアと違って、紛い物には噛まれても全く問題ない。

爪で引っかかれたとしても、致命傷には程遠いだろう。

それに加えて、あくびが出てしまうほどのスピード。

楽しいのは、からかっている時だけだった。

「――これで四匹目」

無慈悲に振った剣を、メイドの血で赤く染める。

何の面白みもない死に方に、レーネはガッカリとした表情を見せるが、それも一瞬のことだ。

「……やっぱり、残酷さは魔族も人間も変わらないんだな」

「はぁ……また紛い物か――って、人間？　何でこんなところにいるの？」

顔についた返り血を拭《ふ》いているところに。

息を荒くした男が、汗を拭《ぬぐ》いながらやって来た。

メイド服を着ておらず、女というわけでもない。

そもそも、ヴァンパイアですらない。

完全に自分と同じ人間だ。

「お前こそ、こんなところに何の用だ」

「何の用って、お金稼ぎだけど？」

そうか――という呆《あき》れが混じった言葉。

男の顔が少しだけ不快そうな顔になる。

「何が言いたいの？　それより――」

「――リ、リヒト様！　大丈夫ですか！」

自分の背後から聞こえるメイドの声。

レーネは慌てて振り向くと、そこには血まみれのメイドが何事もなかったかのように立っていた。

それも一人ではなく四人。

確実に殺したはずのメイドが、全員ピンピンとした状態で蘇《よみがえ》っている。

レーネの知っている限りでは、ヴァンパイアにこのような能力はない。

それならば、考えられるのは目の前にいる男のみ。

リヒトと呼ばれた男の能力だ。

「メイドさん。一旦ここは逃げてください。早くドロシーかロゼのところに」

「で、ですが！」

「こっちは大丈夫ですから」

「……か、かしこまりました！　ご武運を！」

そう言うとメイドたちは、パタパタと戦線から離脱する。

リヒトを信じての決断。

迷いはもうなかった。

「勇敢《ゆうかん》なのね、それとも殺される姿を見せたくないから？」

「どっちもかな」

レーネの安い挑発に乗ることなく。

リヒトは持参した剣を抜いた。

「それじゃあ、さっきの質問に答えてもらっても良いかしら？　どうして人間の貴方《あなた》がここにいるの？」

それに――と、レーネは付け加える。

「ヴァンパイアの味方をしているみたいだけど、どういうつもり？」

その質問と共に。

レーネの剣がリヒトの顔へ向けられた。

リヒトの答えによっては、すぐにでも戦いを始める様子だ。

ゴクリとリヒトは唾《つば》を飲み込む。

「ヴァンパイアの味方をしたら、何か問題があるのか？」

「……？　当たり前でしょ？　ヴァンパイアに限らず、人外に加担するなんて反逆行為もいいところだわ」

「……そうか、そうだよな」

「貴方……イカれてるみたいね。反逆者として始末させてもらうわ」

リヒトの言い訳（？）も届かず。

レーネには完全に敵として認識されたらしい。

既に失われつつある人間としての常識。

悲しい気持ちは全くないが、少しだけ寂しく感じてしまった。

「じゃあね」

こうなると、もう戦闘は避けられない。

元より穏便に解決するなど期待していないが、それでも戦闘は本能が嫌がるものである。

いつになっても、戦いを求めるアリアの心が理解できない。

「くたばりなさい！」

「――クッ！」

素早いレーネの斬り付けを、リヒトはギリギリのタイミングで弾き返す。

この段階で、自分とレーネの実力の差は把握できた。

数値で言うと三対七。

奇跡でも起きない限り、真っ当に勝負しての勝利は難しい。

どこの国の人間なのかは分からないが、どこでもトップクラスになれる実力だ。

「少しはやるのね。もし人間の国にいたら、多少は稼げたでしょうに。勿体《もったい》ない人材だわ」

「……褒め言葉として受け取っておくよ」

肉体のダメージを受ける前に、精神的なダメージを受けるリヒト。

人間界の話は、忘れようとしても忘れられるものではない。

マイナスの話ではなく、プラスの話であるだけに動きも鈍ってしまう。

「あ、もしかして居場所がなくなったタイプか。それなら悪いことを言ったわね」

「………………」

「さようなら」

その優しい声が耳に入る時。

リヒトの胸には、鋭い剣が思い切り突き刺さる。

どうやら、最初は手加減をしていたようだ。

明らかにスピードが数倍上がっていた。

「――よいしょっと！」

レーネは体から剣を抜くついでに、リヒトの臓器を数箇所破壊する。

人間である以上、死は免れない致命傷だ。

メイドと同じように血を流しながら、リヒトは重力に従って崩れ落ちた。

「これで一人目……まぁ、これ以上人間がいるとは思えないけど」

レーネはリヒトが死んだことを確認すると、ヤレヤレといったように辺りを見回す。

今のところ、新手の存在はいないらしい。

これほど戦ったにも関わらず、レーネの仕事はまだまだ残っている。

「アルフとヴェートは大丈夫かな……？　上手く挟み撃ちにできたらいいんだけど……」

ふぅ――と、レーネは無意識のうちにため息をついた。

その瞬間だった。

レーネの右腕に痛みが走る。

一体何が起こったのか――敵は絶対にいなかったはずだ。

「――なっ!?　確実に殺したのに！」

そこには、先ほど殺したはずのリヒトが少しふらついた様子で立っていた。

傷は完全に塞《ふさ》がっている。

ヴァンパイアとしても有り得ない回復力だ。

（まさか、さっきのメイドたちもこいつが復活させ――このままじゃマズい……！　どうにかしないと――！）

レーネは距離を取ろうとするが、突然の出来事で足が上手く動かない。

このままでは逆に殺されてしまう。

幸いなことに剣を手放してはいないため、リヒトの隙をついて攻撃すれば勝機はあるはずだ。

レーネはこの瞬間――人生で一番の集中力を見せた。

（来た――でもこの一振りはフェイント。それをあえて――）

リヒトの一振り。

これは、レーネを殺すためのものではない。

確実に一撃を入れるためのフェイントだ。

それをしっかりと理解しているレーネは、冷静にそのフェイントを見逃し、リヒトの本命の攻撃に合わせて完全に受け止める。

「――チッ」

見事なその防御で、リヒトの体は完全に止まった。

力で押そうとしても、押し切れるほどレーネが非力なわけがない。

むしろ、効率的な力の入れ方を知っているレーネの方が有利だろう。

「ねぇ、さっきのはどういうこと？　何で殺したのに死なないの？」

「さあな」

「まさか、悪魔に魂でも売ったんじゃないでしょうね？　この化け物が」

化け物――という言葉が、リヒトの胸に深く響く。

人間の常識を忘れながら、さらに人間としても認識されなくなった。

それなら自分は何者なのか。

受け入れてくれるのは、少なくとも人間の世界ではない。

「もういい。何回でも殺してあげる」

「……」

ガキン——と、お互いの剣を弾き、レーネは一定の距離を取る。

心は完全に落ち着いており、実力が百パーセント発揮できる状態だ。

「くたばれ！」

全く容赦のない攻撃がリヒトの身を襲う。

それからの光景は、目を背けたくなるほど凄惨《せいさん》なものだった。

心臓を破壊されては蘇り、首を刎《は》ね飛ばされては蘇り、レーネの試行錯誤《しこうさくご》が何回も続く。

「そ、そんな……ありえない」

レーネはぜえぜえと呼吸を乱す。

驚異的な体力を持つレーネといえども、そのスタミナは無限ではない。

そもそも、これほど連続で人間を殺す経験をしたことがないため、こうなることは必然であった。

リヒトを斬りつける腕に痛みを感じてきた頃。

ついにその手は止まってしまう。

「……ヴァンパイアでも、ゾンビでも心臓を破壊すれば死ぬはずなのに！」

その理不尽さに、怒りにも似た形で心の中をぶちまける。

完全なる不死身があるわけない——そんなことは分かっているが、それでもリヒトのことを認めてしまいそうだ。

「クソッ！　死ね！」

あらゆる殺害方法を試した後、最後には自分の怒りをそのままぶつけるように、リヒトをめった刺しにして蹴り飛ばす。

何をしても死なない化け物に、いつの間にか心が折れかけていた。

このまま同じことを繰り返すのは、レーネにとって圧倒的不利な展開だ。

死ぬ時はベッドの上だと強く心に決めている。こんなところで死ぬわけにはいかない。

「イカれた化け物が……とにかくアルフかヴェートと合流しないと――」

ここでレーネが求めたのは、共に行動してきた仲間の存在であった。

普段から頭を使わないレーネでは、この状況を打破できる方法が見当たらない。

逆にいつも冷静なヴェートならば、何か解決策を捻り出してくれるだろう。

「アルフ……ヴェート……どこ……」

レーネらしくない――弱気な言葉を口にする。

これほど他人の存在を求めたのは、人生でも初めての経験だ。

それだけレーネの心は弱っていた。

「――あと二人いるんだな？」

「う、嘘《うそ》でしょ……？　ンフフッ……」

再び立ち上がろうとするリヒトに。

レーネはもう笑うことしかできない。

リヒトが完全に復活するまでの時間を利用して、ただがむしゃらにレーネはその場から逃げ出した。

＊＊＊

「アルフとレーネは上手くやってるのか……？　全く挟み撃ちにできる気がしないぞ……やはりもう少し考えて行動するべきだった……」

ヴェートの独《ひと》り言。

それは、いかに心が不安になっているかというのを示している。

今のヴェートに、アルフとレーネの状況を確認する術はない。

もしかしたらやられているかも——そう考えるだけで、足取りはどんどん重くなっていった。

「そもそも、何で敵が一匹も出てこない……？　誘い込まれているのか？　ヴァンパイアにそれほどの知能があるわけ——いや、この城を考えると有り得ない話ではない……」

独り言から自問自答《じもんじとう》へ。

全く敵が現れないという事実が、余計にヴェートの精神を乱している。

今にも、ネガティブな気持ちが爆発してしまいそうだ。

「クソ……俺が一人でやるしかないか。どうしてこんな目に……」

ヴェートは遂に覚悟を決め、小さなナイフ数本を手に忍ばせた。

敵が現れた際は、この投げナイフが頼りだ。

ある程度のヴァンパイアであれば、投げナイフに塗られている毒だけでも死に至る。

多少耐性を持っているヴァンパイアだとしても、眼球か心臓に当てればかなり有利な戦いになるだろう。

この芸当ができるのは、チームの中でもヴェートただ一人しかいない。

ヴェートの類《たぐい》まれなるコントロールが、その神業を可能にしていた。

「──っ？　コウモリ……？」

そんな神経質になっているヴェートの前に現れたのは、バサバサと羽ばたいているコウモリ。

どうしてこんなところにいるのか──ペットというわけではなさそうだ。

かと言って、敵という雰囲気でもない。

敵であるならば、ヴェートを見つけ次第狂ったように噛み付こうとするであろう。

コウモリと目が合った状態で沈黙が続く中。

先に動いたのはヴェートの方だった。

「──消えろ！」

一本の投げナイフが、コウモリの胴体を見事に貫く。

そして。

そのナイフの勢いは止まることなく、磔《はりつけ》にする形で壁に突き刺さった。

標本のようになってしまったコウモリは、もう二度と動くことはない。

殺す必要性は特に感じなかったが、わざわざ見逃す理由も見当たらず、石橋を叩いて渡った結果となる。

それでも精神上、敵（？）を一匹殺したことによって、ヴェートの自信に繋《つな》がった。

「……何だったんだ、このコウモリ——うん？」

途端に聞こえてくる羽音。

それも一匹だけのものではない。

数十匹の群れが、一直線にヴェートの元へ向かってくる音だ。

「……多いな。コイツら全部殺さなきゃいけないのか？　ナイフが足りないぞ……」

十秒もしないうちに。

礫になったコウモリの元へ、数十匹のコウモリが集まってきた。

これらを全部倒すとなると、かなり骨の折れる仕事である。

「——あ？」

ひとまず離れるべきか——そんなことを考えていた時だった。

目の前のコウモリが、全て一箇所に固まり一つの人型を作る。

このような光景は、吸血鬼狩りを続けてきた中でも見たことがない。

間違いなく言えるのは、敵であるということだけだ。

「見つけました。貴方がコウモリを攻撃してくれたおかげです」

「珍しいヴァンパイアだな。子どもか」

「こ、子どもじゃないです！」

食い気味に、子どもという部分を否定するヴァンパイア。

化け物に容姿は関係ないということを知っているヴェートは、気を抜かずに投げナイフを一本指に挟む。

　こういったタイプの敵は、己の力を過信して隙だらけの者が多い。

　そのタイミングを狙えば、有利に戦いを始められる。

「——あ、不意打ちは意味がないのでやめてくださいね。少し話したいことがあるので」

「…………」

　どうやら。

　気を抜いていないのは、ヴァンパイアも同じだったようだ。

「私はロゼと言います——もしかして、そのナイフって毒が塗られてますか？　少しヒリヒリするんですけど」

　最初の質問は、ほとんど答えに辿り着いているものだった。

　答えは勿論イエスであり、それはロゼというヴァンパイアも分かっているだろう。

　しかし、たとえバレているとしても、馬鹿正直に答えて良いのか。

　手の内を明かすというのは悪手だが、下手《へた》に嘘をつこうとしても徒労に終わりそうだ。

　余裕を持って堂々と答えた方が、変に舐《な》められず、良い方向に転ぶかもしれない。

「……そうだ」

「ですよね！　良かったです、私がおかしいのかと思いました」

　数秒悩んだ結果——ヴェートは隠すことなく素直に答える。

　すると、ロゼは安心したような様子を見せた。

　その様子からは、純粋な女の子というイメージしか湧いてこない。

ノーと答えていたら、そのまま信じていたのではないかと思ってしまうほどだ。

（……毒が効いていない？　確かに一本分だと微量ではあるが、それにしても効果がなさすぎる）

ロゼの疑問に答えるのと同時に。

ヴェートの中にも一つの疑問が浮かび上がる。

不自然なほどの毒への耐性。

痩《や》せ我慢しているだけかもしれないが、もしロゼの言っていることが本当ならば、かなりマズい状況だった。

毒が効かないとなると、純粋な戦闘能力で戦うしか道が残されていない。

平凡なヴァンパイアであれば、勝機は十分にある。

問題は、目の前にいるロゼがその例に漏れないかだ。

「でも、この毒じゃ弱すぎると思いますよ？」

「……余計なお世話だ。そもそも、この程度なわけがないだろう？」

「……そうですね。すみませんでした」

やはり、ロゼに毒は効いていなかった。

ヴェートの咄嗟《とっさ》に出たブラフによって、何とか底を知られることだけは免れたが、これからどのように勝つかのイメージが浮かばない。

まだロゼの攻撃すら見ていない状態にも関わらず、ヴェートは動けないままだ。

「じゃあ、二つ目です。貴方たちを倒したら、もうこの城に吸血鬼狩りは近寄らなくなるんでしょうか？」

「危険視はされるだろうな。まぁ、俺たちによって滅ぼされるんだから、無駄な心配でしかない」

「……はーい」

ヴェートは困っていた。

この会話の中、全くと言っていいほどロゼに隙が生まれない。

今まで対峙《たいじ》してきたヴァンパイアの中でも、明らかに別格だと考えられる。

付け込めそうなのは、精神的な幼さの部分のみ。

何か動揺させることができれば、ヴェートにもチャンスが回ってくるはずだ。

いくら毒が効かないと言えど、心臓を直接破壊すれば関係ない。

逆に言うと、そこしか狙う場所はなかった。

ここでヴェートは一つの嘘を考える。

「質問はもう終わりでいいです。早くリヒトさんとドロシーさんのところへ向かいたいので」

「……それも無駄だと思うぞ。俺の仲間が捕獲したらしいからな」

「……え？」

狙い通り。

顔を青く染めるロゼ。

嘘ではないかと考える前に、二人に対しての心配が優先されている。

それほど、リヒトとドロシーという存在が大事らしい。

「な、何を言っているんですか！　貴方はリヒトさんとドロシーさんを知らないはずです！　適当なことを言わないでください！」

先ほどまでとは別人の気迫で、ロゼはズカズカと近寄ってくる。

明確な怒りの感情がそこにはあり、触れると爆発してしまいそうだ。

「捕獲自体は簡単だったらしいぞ。今頃どうなってるんだろうなぁ」

「──また適当なことを！」

ロゼの噛み付きを、右腕で受け止めるヴェート。

念のために装備していた着込みによって、ギリギリ肉が食いちぎられるのを防ぐ。

冷たい何かが体内に注入されたことで鋭い痛みが右腕に走ったが、そんなことで集中が途切れるようなヴェートではなかった。

（まだだ……コイツが仲間を確認するために背を向けるまで……それまで耐えられれば）

今はヴェートの思惑通り、事が進んでいる。

ロゼは冷静さを失っており、仲間のことが気になって仕方がない様子だ。

そして。

この場から離れる一歩を踏み出した時──ロゼの心臓は、背後から間違いなく破壊される。

ロゼの判断を待つ緊張が、ヴェートの心臓を動かしていると言っても過言ではない。

「おっと。俺は報告されたことを言っただけだ。俺の言葉が信じられないなら、その目で見てきた方が良いんじゃないか？」

「──クソッ！　リヒトさん！」

ヴェートの一言をきっかけに、バッとロゼは身を翻し駆け出す。

ヴェートはこの瞬間をずっと待っていた。

考えている時間はない。

そんなことをしているうちに、的は遠くへ行ってしまう。

殺すという強い気持ちを込め、なおかつ落ち着いて狙いを研ぎ澄ます。

『貴方はそのまま死んでください！』

遠くから聞こえてきた叫び声。

その声を聞いた瞬間に、体が言うことを聞かなくなる。

耳の中で何回も反響し、主の命令として脳が完全に認識した。

ヴェートはそのまま。

持っている投げナイフを全身全霊《ぜんしんぜんれい》で——自分の心臓に突き刺す。

心臓に直接打ち込まれた毒に、紛い物のヴァンパイアが耐えることはなかった。

＊＊＊

「リヒトさん！　大丈夫でしたか⁉　酷《ひど》いことをされませんでしたか⁉」

「あ、あぁ。別に大丈夫だったけど、どうしたんだ？」

ロゼがコウモリになった状態で城の中を飛び回っていると、フラフラと迷子になっているリヒトを発見する。

特に怪我《けが》は見当たらず、ヴェートの言っていたことが嘘だと判明した。

「リヒトさんが捕まっているという話を聞いて……無事みたいで良かったです！」

「そうだったのか。でも逃げられた。なかなか足が速くて、今探している最中なんだが……」

ロゼの満面の笑み。

不安そうだった顔との変化を見ると、かなりリヒトのことを心配していたようだ。

過去にあった失敗を、未《いま》だに引きずっているのかもしれない。

「それなら一緒に探しましょう！　――あ！　でも、その前にドロシーさんと合流しておきませんか？」

「それもそうだな。で、ドロシーはどこにいるんだ？」

「え？」

ロゼは辺りを見回す。

しかし、ドロシーの姿を見つけることはできない。

一体どこにいるのか。

リヒトも生きていたことであり、先ほどの吸血鬼ハンターの言葉を信じるわけではないが、それでもゆっくりはしていられない。

「リヒトさん！　掴まってください！　探しに行きましょう！」

「――うおっ⁉」

リヒトが掴まろうとする前に、ロゼはがっしりとリヒトの体を掴む。

その細い腕からは考えられないほどの力によって、抵抗することすら不可能だ。

「リヒトさん……もしドロシーさんがやられていたらお願いしますね。取りこぼしの敵は私が殺します」

「た、頼もしいな……」

背後から聞こえる怒りのこもった声に、リヒトはブルリと体を震わせた。

吸血鬼狩りとの戦いで、ロゼに何があったのかは不明だが、かなり恨んでいるらしい。

変に理由を聞かない方が良いと、リヒトの本能的な部分が叫んでいる。

「でも、ドロシーが負けたってあまり考えたくはないな……」

「負けてないと思います。でも、ダメージを受けて動けない可能性もありますから。早く私たちが見つけてあげないと……」

ロゼはそう言いながら、凄《すさ》まじいスピードで飛び続けた。

このペースだと、見つけるまでに時間はかからないだろう。

廊下を歩くメイドたちとは、目を合わせる前にすれ違ってしまう。

「――いました！　ドロシーさん！」

結局。

数分後には、廊下で座り込んでいるドロシーを発見することができた。

二人分の死体の中心で、くたびれたような姿。

派手に飛び散っている血が、戦闘の激しさを生々しく伝えている。

子どもが見たら、トラウマになりそうな光景だ。

「あ、ロゼさん。服に血がついてるよ」

「ド、ドロシーさんもですよ！」

優しく手を振って再会を喜ぶドロシー。

ここに三人が集まったということは、戦いが終わったということである。

その事実をすぐに理解したドロシーは、にへらと笑顔を作っていた。

「リヒトもお疲れ。お願いがあるんだけど、このメイドさんを生き返らせて欲しいんだ」

「分かった――けど、ドロシーは大丈夫か？　それ、首のところ」

「あ！　ドロシーさん！　怪我してるじゃないですか!?」

ドロシーの首には、赤い手の跡がしっかりと残っている。

それは、ロゼにとって到底見逃せるものではない。

「ど、どうしましょう！　もしかしたら一生残る傷になってしまうかも……！」

「え？　大丈夫だと思うけど……」

人間とヴァンパイアでは治療法も全く違うため、今はアタフタすることしかできなかった。

この城に備わっている薬草などでは、人間であるドロシーに効く可能性が低い。

多くの物が、人間界では毒として扱われているものだ。

「――あれ……私……？　あ、リヒト様」

場が混乱している中で。

死んでいたメイドが、リヒトの手によって蘇生《そせい》される。

心臓の辺りを気にしているところから、記憶はちゃんと残っているらしい。

「あぁ、良かった。ありがとう、リヒト。上書きもできてるみたいだし、やっぱり凄い能力だね」

「これくらいなら任せとけ。ドロシーも、蘇生できたら傷は治るぞ？　ほら、ロゼもいるし」

「確かにそれなら薬はいりませんね――って、私にそんなことはできませんよ！　リヒトさん！」

納得したような顔から、ブンブンと慌てて首を振るロゼ。

いくらリスクなくドロシーの傷を治せるとしても、自分の手で仲間を殺すことなど不可能だ。

ドロシーがその方法を望んでいるというわけでもないため、また別の方法を探すしかない。

「あ、あの……ドロシー様。冷やすものは、すぐにでも用意できるのですが」

「――それで」

ドロシーの小さなガッツポーズ。

まともそうな処置を受けられることに、今は感謝の気持ちしかなかった。

その言葉を聞いてメイドが駆け出したところで、提案するようにリヒトから声がかかる。

「あ、そうだドロシー。俺と戦ってた敵が逃げ出したんだけど、死霊を使って追跡することはできないか？」

「できるよ。人間なら結構簡単に見つかると――」

『きゃあああああああああああぁぁぁぁぁぁぁぁ!?』

リヒトのため、追跡用の死霊を呼び出そうとしたところで。

女の叫び声が城全体に響き渡る。

心の底から絞り出した声であり、かなりの出来事がないと聞くことができない声だ。

「こ、これは……？」

「――ウプッ！　オエェッ……！　ロゼさん、これ……」

「ま、間違いありません！　お父様です！」

城が震え、ドロシーが吐き気を催してしまうほどの殺気が漂っていた。

離れた場所にいるロゼたちでさえ、死というものをリアルに感じてしまうような圧迫感。

三人の心の中には、吸血鬼狩りに対して同情の気持ちしか芽生えてこなかった。

＊＊＊

「リヒト君にドロシーさん！　貴方たちには本当に感謝しています。ロゼを生き返らせてくれたという事実に加えて、私たちをも守ってくれるとは」

「お二人の実力に、もう疑いはありません。ありがとうございました」

吸血鬼狩り騒動の後。

別れの食事の席では、アリウスとカミラが頭を下げていた。

リヒトとドロシーは毎度のことながら、気まずそうに顔を見合わせている。

「い、いえいえ……それより、一人吸血鬼狩りを取り逃してしまったことなのですが」

「それなら、たまたま出くわした時に処分しておきましたよ。お気になさらず」

「ははは……、やはりあれはアリウスさんでしたか……」

乾いた笑いしか出てこない。アリウスにとっては昨夜のことなど取るに足らないことなのだろう。

「……やっぱり自分は何もでき――」

「何を言っているのですか。助けてもらったという事実は変わりませんよ。リヒトさんが困った時は、私たちも力になりますから」

「リヒトさん。謙遜《けんそん》なんてしなくていいんですよ？　さあ、もっと食べて力をつけてくださいね」

「えぇ……」

ロゼの言葉に、リヒトはチラリとテーブルの上を見る。

そこには、何とか気合いで食べ切った後の皿が残っていた。

これほどの量を食べさせてどうするのか――と、突っ込みたくなるほどの数。

もうお腹《なか》が破裂してしまいそうだ。

「今日はお休みの最終日なのでしょう？　もう少しゆっくりしていってもらいたいという気持ちもありますけど、仕方がありませんね……」

「すみません、お母様。でも、二度と会えなくなるというわけではありませんから！　また休暇をいただけたら、絶対に帰ってきますね！」

「ロゼ……母はずっと待っていますから、いつでも帰ってきてね」

お互いに一粒の涙をこぼすロゼとカミラ。

（……おい、ドロシー。家族の時間を邪魔しちゃ駄目なんじゃないか……？）

（そ、そうだね、リヒト）

リヒトとドロシーは、空気を読んで部屋の外に通じる扉へ手をかける。

アリウスはそのことに気付いていたが、二人の心情を察したらしく、特に止めるようなことはしない。

「ロゼ。仕事が辛《つら》かったら、いつでも言っていいからな。多少の手助けはできるだろうから」

「お父様、そのことはもう心配ありません。私……ディストピアのみんなと働くことがとても楽しいんです」

それに――とロゼは付け加える。

「みんなのいるディストピアが好きですから」

ロゼは、自信に満ち溢れた顔でそう言い切った。

アリウスとカミラの頭の中にある、幼いロゼはもうどこにもいない。

ヴァンパイアとして、どこに出しても恥ずかしくない娘に育っている。

その成長が、親としてはただ嬉しかった。

カミラに至っては、ハンカチを二枚用意しているほどだ。

「どうやら、いらぬ心配だったようだな」

「そうね、アリウスさん。ロゼはもう大人《おとな》ですから」

「えへへー」

ここに、ロゼを引き止めようとする者はもういない。

大事な娘が離れてしまうというのは悲しいが、それでも娘の意志を尊重するというのが親である。

頼りがいのある仲間も、最強の魔王もいるため、心配する方が失礼なのかもしれない。

「なあロゼ。やっぱり、リヒト君とはお似合いだと思うんだが？」

「……へ？　な、なな何を言ってるんですか⁉　お父様！　リヒトさんの目の前で――ってあれ⁉　いなくなってる！」

「母は賛成だわ。優しいし、頼りになるんだから」

「お、お母様……恥ずかしいです……」

真っ白な肌を赤く染めながら、ブンブンと首を横に振るロゼ。

この様子だと、リヒトには何一つアプローチをしていないだろう。

お節介によって嫌われてしまう可能性――それでも、アリウスとカミラが放っておけるはずがない。

「リヒト君には、ロゼのことをしっかりと伝えておいたぞ」

「ちょっ⁉　勝手なことをしないでください！　あぁぁ……どうやって言い訳すれば……」

「どうやら、リヒト君もロゼに興味があるらしい」

「……え？」

ロゼの体が硬まる。言うまでもなく、アリウスの言葉を聞いたことによってだ。

何回も頭の中でその意味を繰り返し、勘違いでないのを確認すると、更にもう一段階顔を赤く染めた。

「ほ、本当ですか？　お父様……？」

「あぁ。私がロゼに対して嘘を言ったことはないだろう？」

「そ、そうですよね！　ありがとうございます！　お父様！」

ぎゅーっと。

アリウスの胸へ、ロゼは飛び込む。

先ほどまでの態度とは真逆の態度。

嘆いていたことが、まるで嘘だったかのような笑顔だ。

「……そろそろ時間だな」

「は、はい」

ボーン——と、響くような時計の音。

この音は、ロゼたちの出発を合図している。

家族の時間は、とても短く感じてしまうものだ。

お互いが名残惜しそうな顔で見つめ合う。

「……それでは、リヒトさんたちを待たせてはいけないので。またいつか帰ってきますから、その時はよろしくお願いします」

「体を大事にするんだぞ」

「それじゃあね……グスッ」

「はい！」

最後は涙を見せることなく。

ロゼは、元気にリヒトたちの元へ向かっていった。

エピローグ

帰省

「リヒトさん、おかえりなさいなの」

「ただいまー」

「リヒトさんの部屋は片付けておいたなの」

「え？　あ、ありがとう……」

　リヒトがディストピアの部屋に戻ってくると、そこには妙におしゃれをしているフェイリスが立っていた。

　部屋は綺麗《きれい》に掃除されており、埃《ほこり》一つ残っていない。

　リヒトの部屋を掃除するくらいなら、自分の部屋を掃除した方が良いのではないか——というセリフは、口に出さず留《とど》めておく。

「休暇はどうだったなの？　楽しめたなの？」

「うん、楽しかったよ。ロゼのお父さんとお母さんとも話せたし、美味《おい》しいものも食べられたし」

「それなら良かったなの。ディストピアは平和だったから、特に困らなかったなの」

　二人は綺麗になった椅子《いす》に腰掛け、お互いの状況を確認し合う。

「そうか……いや。平和だったんなら、それに越したことはないんだけど……」

フェイリスの話を聞いて、少し複雑な表情をするリヒト。

どうやら、ディストピアには敵が攻めてこなかったらしい。

その平和なディストピアと比べると、吸血鬼狩りと戦うことになったリヒトたちの方が負担は大きかった。

どちらが休暇をもらったのか、分からないほどである。

「そういえば、魔王様がリヒトさんのことを探してたなの。仕方がないから、私も一緒に謝ってあげるなの」

「いやいや、何で俺《おれ》が悪いことをした前提なんだよ。というか、アリアが探してるなら早く行かないと。遅れたら怒られるかもしれないし」

「だから、私も謝ってあげるなの」

「なるほど――って、そんなこと言ってる場合じゃない！」

リヒトは持ち帰った荷物を床に置いて、フェイリスと共に部屋を出る。

アリアがリヒトのことを探していたのは、どれくらい前の出来事なのだろうか。

それの時間に比例して、アリアの機嫌は少しずつ悪くなっているはずだ。

急いでリヒトは部屋の外へと出た。

「魔王様はあまり怒ってる雰囲気じゃなかったから、そんなに気張らなくてもいいと思うなの」

「そうか……ありがとう。何だか、今日のフェイリスは少し優しいな。何かいいことがあったのか？」

「……？」

きょとんとした顔をするフェイリス。

リヒトとしては、特に変なことを言ったつもりはないのだが、このような反応をされると、自分の感覚がズレているのではと不安になってしまう。

知らず知らずのうちに、失言をすることだけは絶対に避けたかった。

「いいことも何も、リヒトさんが――」

「あ！　見つけたのじゃ！」

フェイリスが答え切る前に。

アリアが嬉《うれ》しそうな声を上げて、奥の方から近付いてくる。

フェイリスの言う通り、アリアに怒っているような様子はなく、むしろご機嫌とさえ思えた。

とりあえずリヒトは、その事実にホッと息をつく。

「久しぶりじゃのお、リヒト。休暇は楽しかったか？」

「まあ、それなりに楽しめたよ。あんまり休みって感じはしなかったけどな」

ふてくされた顔で質問に答えるリヒト。

今は、休暇という単語が全《すべ》て嫌味に聞こえてしまった。

アリアの髪に寝癖がピンと跳ねているところを見ると、昼までぐっすり眠っていたと予想できる。

緊張で寝不足気味だったリヒトとは大違いだ。

「うん？　ぜひ土産《みやげ》話を聞いておきたいのお――と言いたいところじゃが、もう少し後になりそうじゃ。イリスとティセがそろそろ――」

「す、すみません、魔王様……少し遅れました」

アリアが二人のことを口にしていると、丁度そのタイミングでイリスをおんぶしたティセが現れる。

イリスはぐっすりと眠っており、ティセが無理やり連れてきたというのがはっきりと分かった。

フェイリスが背伸びをして頬《ほお》をつついてみても、一向に起きる気配が見られない。

「まあ良い、呼び出したのが急じゃったからの。ロゼとドロシーはもう少し休んでもらっておるから、気にしなくても大丈夫じゃぞ」

「何で俺だけ通常運転なんだよ」

「誤差じゃ誤差――って、リヒト」

小さな変化に気が付いたアリア。

ついつい話を止めてしまう。

「お主、少し変わっておらんか？　何というか、こう、内面的に」

「……？」

アリアが気になったのは、今まで以上に強く見られるリヒトの暗い感情。

恐らく人間に対してのもの。

休暇中に何か人間に関係した出来事があったと予想できる。

「――いや、聞くのは後にしておくのじゃ」

それより――と、アリアは元の話へ自然に戻す。

わざわざここでする話でもない。

もっと大事な話が控えているのだ。

「お主ら――特にロゼがいなかったことで、仕事が結構溜《た》まっておる。じゃから、それらの消化に向けてみんなで努力するぞ！　気合を入れるのじゃ！」

「「……えー」」

初めて三人の息があった瞬間。

どうやら、これからも過酷な日々が待ち構えている。

一人の魔王に引っ張られながら、今日もディストピアは回っていく。

書き下ろし特別編

百年前のディストピア

リヒトが生まれるよりも昔。

人間界と魔界の間には、異彩を放つ最悪のダンジョンが存在していた。

冒険者殺しの異名を持つダンジョン――ディストピア。

そこには、命知らずの冒険者たちが群がる蟻《あり》のように訪れる。

一攫千金《いっかくせんきん》を目論む者が七割、命令により無理やり派遣された者が二割、自分の実力を試そうとしている者が一割だ。

そして、その冒険者全員に等しく――死という運命が待ち受けていた。

「魔王様！　侵入者を全員討伐しましたね！　お疲れ様でした！」

「いぇーい！　ナイスじゃナイス。いぇーい」

仕事を終えて、ロゼとアリアはパチンとハイタッチを交わす。

個々の強さは貧弱だとしても、冒険者はそれを補うかのように数が多い。

ようやく全員を倒し終えた時の達成感は、魔王も下僕もひとしおだった。

今は、その喜びを強く感じるために、全員で集まって食事を楽しんでいる。

「お姉さまお姉さま、お姉さまは何人倒した？　イリスは二千人」

「私は千人よ。だって、イリスちゃんの妖精が先に倒しちゃうんだもん」

「えへへ、ごめんなさい」

「魔王様は何人くらいでしたか？　私は二百人でした！」

「うーんと、細かく数えてはおらんが、儂《わし》もロゼと同じくらいじゃろうな」

唐突に競い合われる討伐数。

この話題は、戦いの後で毎回盛り上がる話題の一つである。

あまりにも広い攻撃範囲を誇るイリスとティセがいつもトップに君臨するものの、過去の戦績と比べて自分の記録を更新していくゲーム的な感覚で、何やかんや毎回楽しんでいた。

しかしそれも――たった一人を除いて、だが。

「……お疲れ様なの。料理を持ってきたなの」

「おお、すまんなフェイリス。じゃが、わざわざお主がそこまでする必要はないじゃろうに」

「そうですよ、フェイリス。せっかく魔王様が使用人を作ってくれたのに――あ、もしかして私から仕事を奪う気ですか⁉」

危機感を覚えたような顔をしているロゼを無視して、フェイリスはようやく席に座った。

この広いディストピアには、アリアが創造した使用人と呼ばれる人形が配置されている。

命も感情も持たない存在であるため、掃除や食事などの雑用には最適の存在だ。

なのにどうして、フェイリスがその雑用まで請け負っているのか。

アリアたちには不思議で仕方がなかった。

「私にはこれくらいしかできないなの。戦いになっても足を引っ張るだけだし……みんなみたいに活躍ができないから」

フェイリスはシュンとした顔でアリアたちに言う。

特殊すぎる能力を持つフェイリスは、戦いの場で活躍したことが一度もない。

先ほどイリスたちが話していた討伐数で換算すると、フェイリスの記録はいつもゼロ。

常にアリアたちの後ろで守られ続けている。

その役に立てていないという事実が、自分を卑下するきっかけとなったようだ。

「おいおい、何回も言っておるじゃろ。お主がそこまで気にする必要はない。いざという時に必ず役に立つはずじゃ」

「イリスもそう思う。フェイリスにはフェイリスの仕事があるから」

「……うーん」

慰めの言葉に、まだ少し納得できていないようなフェイリス。

実際アリアは、フェイリスの存在をかなり高く評価している。

何回もそのことについて伝えているのだが、何も結果を残せていないフェイリスからしてみれば、優しさ故の配慮としか思えないらしい。

「……あ、フェイリス。そんなに辛《から》いの乗っけたら――」

自暴自棄《じぼうじき》気味のフェイリスは、鬼のように辛い調味料をドバドバと自分の料理の上にかけていく。

「気にしないでいいなの」

その辛さを知っているイリスは心配して立ち上がるも、被《かぶ》せるようなフェイリスの一言によって簡単に遮られてしまった。

いくら空気の読めないイリスと言えど、この場で茶化すようなセリフを言ってはいけないということだけは、本能でしっかりと理解できる。

そこで、ほぼ全員の視線が、アワアワとしているロゼの元へと集まった。

この空気をどうにかするための犠牲《ぎせい》として選ばれたのだ。

「え、えっと……フェイリスは頑張ってると思いますけどね」

「……ロゼ、後で話がある。残ってて。絶対」

「——え!?　何か変なこと言っちゃいました!?」

じろりと睨《にら》まれながらフェイリスに名指しされたロゼ。

どう考えても怒っている。

イリスとティセは、その矛先が自分に向けられなかったことに、心の中で感謝していた。

その迫力は、アリアでさえ助け舟を出せないほど凄《すさ》まじいものだ。

これからの時間、ロゼはずっとフェイリスの様子をチラチラ窺《うかが》いながら食事をするのだった。

＊＊＊

「……あ、あの、すみません。フェイリスを怒らせるつもりはなくって——」

「……？　何か勘違いしてるなの。別に怒ってるわけじゃないなの」

「……え？　え……？」

まるで肩透かしを食らったかのように、ロゼはポカーンと口を開けたままでいた。

食事の時間中にずっと考えていた謝罪の言葉も無駄になってしまう。

ならばどうして残されたのかという話になるが、フェイリスの思考など読み取ろうとすることの方が時間の無駄だ。

ゴクリ――と、ロゼは続く言葉を待ち続けている。

「ロゼ、強くなりたいなの。どうしたらいいなの？」

フェイリスの話というのは、一言で言い表せるほどにシンプルなものだった。

あまりにもアバウトな質問であるため、ロゼの脳みそではすぐに良い答えを出すことはできない。

修行という行為からはかけ離れたロゼの人生。

両親から受け継いだ、純粋なヴァンパイアの血がその強さを支えている。

恐らくイリスもティセも――アリアだってそうだろう。

効率的な修行という点では、人間の冒険者たちの方が詳しいはずだ。

「強くなりたい……ですか？」

「うん」

一応という意味でロゼは質問を繰り返すが、フェイリスの意志が変わることはなかった。

どうやら、その思いは本物のようだ。

ロゼたちが心配している以上に、フェイリスは自分の非力を嘆いていたらしい。

「でも、強くなる方法なんて知らな――」

「嘘《うそ》はつかなくていいなの。お願いなの、ロゼ」

「……えぇ」

断ろうとしても、フェイリスはがっしりと腕を掴《つか》んで逃がそうとしない。

何か有益な情報――もしくは結果を得るまで、じっくりと続ける気だ。

「どうしましょう……人間を捕まえてきて、直接話を聞いてみても良いのですが……」

「人間の話？」

「は、はい。眷属化《けんぞく》させたら、多分教えてくれると思うので」

「でも、人間の話には説得力がないなの。本当に強くなれる方法を知ってるなら、ロゼたちももう少し手こずってるはずだし」

「で、ですよね……」

人間を使う案は、信用できないというシンプルな理由で即却下されることになる。

冷静に考えてみれば、ただの人間の言葉に従えるほどプライドが低いわけがない。

逆に言うと、フェイリスはロゼを認めているということの裏返しでもあったが、そのことに気付けるほど余裕があるわけではなかった。

「そうだ！　何か技を覚えるというのはどうでしょう？　人間たちの中にも、たまーにちょっと強い人たちがいるんですよ。その人たちは、色んな技を駆使していたような気がします！」

「……技？　例えばどんなの？」

「え？　えっと、そうですね……雷を落としたりする魔法とか？」

具体的な例を求められると、急に自信なさげになるロゼ。

人間たちが使っていた技は、強く記憶に残るようなものでもない。

物珍しく、使っている者がいれば当たりという程度の認識だ。

「……魔法。うーん。ロゼは使えるなの？」

「すみません……私は使えそうにないです。イリス――はともかく、ティセなら使えると思いますが、実際に使っているところを見たことがありませんし。魔王様は教えるのが得意じゃなさそうですから――無理みたいですね……」

またもや話は振り出しに戻る。

いくらフェイリスに素質があったとしても、この魔王軍には指導者の素質を持っている者がいない。

そもそも、フェイリスが現時点でどの程度戦えるのか――その情報がなければ、プランを考えることも不可能だった。

「そうですね……フェイリス。まず手合わせしてみましょう」

「おお、実践型なの」

「いえ、そんな本格的なものではないのですが……」

ようやくロゼから出てきたそれっぽいセリフ。

フェイリスが初めて目を輝かせた瞬間だ。

「よろしくなの」

ペコリと軽くお辞儀をすると。

どこかで見たような構えを取りながら、ジリジリとすり足で距離を詰め始める。

「……これってどうしたら良いなの？」

無音の空間で先に口を開いたのは――当然フェイリスの方だ。

戦いのことを何も知らないフェイリスは、どのように攻撃を仕掛ければ良いのか分からないらしい。

ロゼの隙《すき》が全くないというのも関係あるだろうが、初心者の一発目にしてはかなり難易度が高い注文だった。

「そ、それじゃあ……私が逃げ回りますので、タッチできたらクリアにしましょう！　最初は攻撃を当てるところからです！　どんな攻撃も、当たらなければ意味がありません！」

「なるほど、分かりやすいなの。手加減はいらないなの」

スタート――と、ロゼが呟《つぶや》いた瞬間。

フェイリスは大きく前にジャンプして飛びかかった。

ガバッと最大まで手を広げており、絶対に捕まえるという気持ちが伝わってくる。

ロゼにスイッチが入っていない一瞬を狙《ねら》ったため、後ろに逃げるという選択肢では間に合わない。

この特訓の狙いからは少しズレてしまっているが、フェイリスの勝利となる――はずだった。

「――なの!?」

逃げ場は完全に潰《つぶ》していたものの、フェイリスがロゼの体に触れることはなかった。

フェイリスが触るよりも先に、ロゼの体が数十匹のコウモリとなってバラバラに散らばる。

顔の横、腋《わき》の下、股《また》の下をまるで嘲笑《あざわら》うかのようにスルリと抜けていった。

「――ぐえっ」

そして。

着地のことなど全く考えていなかったフェイリスは、およそ最悪と思われる腹部からの着地で、その攻撃を終えることになる。

久しく体験していなかった鈍い痛みが、その小さな体を容赦なく襲っていた。

「だ、大丈夫ですか……？　フェイリス……」

「今のはズル――いや、何でもないなの……」

半ギレ気味でフェイリスは振り返るものの、自分から手加減はいらないと言ってしまったため、ロゼを責めることはできない。

しかし、その行き場のない憤りが、フェイリスの闘志に火をつけた。

「――この！」

「フフン。甘いですよ、フェイリス」

がむしゃらに伸びてくるフェイリスの手は、どれもギリギリのところで躱《かわ》されてしまう。

あともう少し――という意味ではない。

ロゼもまたゲームのような感覚で、わざとギリギリで回避しているのだ。

むしろ、触れるにはまだまだ遠い。

結局。

この攻防は十数分にまで及ぶものとなったが、フェイリスがロゼの体にタッチすることは一度もなかった。

「はぁ……はぁ」

「どうですか！　強くなりましたか！」

「多分なってないなの……」

ぜーはーと息を切らして、その場に座り込むフェイリス。

この特訓で得たものを説明しろと言われても、中途半端な怒りくらいしかない。

そもそもの身体能力で差がつきすぎているため、冷静に考えてみれば無謀な挑戦だったというのは一目瞭然《いちもくりょうぜん》だ。

人間状態のロゼより、コウモリ状態のロゼだった方がまだ捕まえやすかっただろう。

「難しいですね……あ、タオルです」

「……ありがとうなの」

ロゼの眷属であるコウモリの一匹が、ポンという音を立ててタオルに変化する。

激闘で珍しく汗だくになっていたフェイリスとしては、かなりありがたい配慮であった。

呼吸を整え、遠慮なく汗を拭《ふ》いたところで、やっとロゼの口から次の言葉が出てくる。

「よし、特訓を変えましょう」

「……どうするなの？」

出てしまいそうになった文句をゴクリと呑《の》み込んで、フェイリスは新しい特訓とやらに耳を傾けた。

そろそろロゼの指導にも疑問を持ち始めた頃《ころ》であるが、頼んでしまった以上、もう引き返すことはできない。

毒を食らわば皿まで――だ。

「攻撃を当てるなんて、よく考えたら後からどうにでもなることでした！　まずは攻撃力を高めましょう！」

「おぉ！　……というと？」

百八十度変わったロゼの意見。

攻撃は当たらなければ意味がない――という言葉はどこへ行ったのか。

それをフェイリスが聞くことはなかった。

「フェイリス！　パンチです、パンチ！　ほら！」

すっとロゼは両方の手のひらを差し出す。

どうやらシンプルな攻撃力を求めているらしい。

素手で殴るという行為は、これまでほんの少し抵抗のあるものだったが、中途半端な怒りを感じている今なら全力を出せるような気がした。

久しぶりにフェイリスはグッと拳《こぶし》を固める。


「◎△＄♪×￥●＆％＃――!?」


フェイリスが全身全霊《ぜんしんぜんれい》で放ったその一撃は、ロゼにペチンと軽く受け止められ、ヒットした時の衝撃でグキリと嫌な音が聞こえた。

声にならない悲鳴を上げているフェイリスの様子を見ると、かなりダメージを受けたことが見受けられる。

プルプルと震えている手首に、サーっと青くなる表情。

回復するまで、かなりの時間を要するだろう。

「えっと……大丈夫ですか……？」

「大丈夫じゃないなの……」

ですよね――と、ロゼはフェイリスの背中を優しく撫《な》でる。

体験してみて分かったが、フェイリスの攻撃力はやはり並みの人間以下だった。

ロゼやアリアと変わらない腕の細さだとしても、込められているパワーが圧倒的に違う。

どうしてここまで差がついてしまうのか。

それは、種族によるものとしか答えることができない。

才能がないから諦《あきら》めろ――という一言で終わる問題だ。

「フェイリス……もし無理そうだったら――」

「……ふぅ。何とか動かせるようになったなの……。ロゼ、続きは……？」

「え？　あ、その――」

ロゼの考えとは真逆に、フェイリスは諦めるような気配を見せない。

強くなりたいという心は、簡単に消えるようなものではなかった。

いつものフェイリスであれば、痛い思いをした瞬間にポイっとやめていたであろう。

しかし今回、疲れ、傷ついたとしても続けようとしている。

その違いが分かるロゼだからこそ、一言で突き放すようなことはできなかった。

「フェイリス、魔王様の部屋に行ってみましょう」

「？　どうしてなの？」

「私では知らないことを魔王様は沢山知っています。もしかしたら、もっと簡単な方法を教えてくれるかもしれません」

最後の望みとして、ロゼは魔王であるアリアの名前を出す。

ロゼから教えられることはこれ以上ない。

指導力には難があるものの、アリアの知識であればフェイリスの悩みを解決できるような答えを出すことができるはずだ。

アリアを心の底から尊敬しているロゼだからこそ、安心してフェイリスに提案することができた。

「ロゼがそう言うなら仕方ないなの」

「ありがとうございます！　ここから魔王様の部屋までは近いですよ！　寝てしまわないうちに、声をかけておきましょう！」

不思議そうなフェイリスの了承を聞くと、ロゼは手を取ってすぐに歩き出した。

この時間帯は、アリアが眠っていてもおかしくない時間帯である。

一度アリアが眠ってしまうと、次に目を覚ます時間は誰《だれ》にも分からない。

それまでに気付いてもらわなければ、この提案は全てが水の泡だ。

「魔王様の凄《すご》さは私が一番知ってますから、フェイリスは安心していてください」

「……うん」

アリアの何が凄いのか――詳しく説明しそうになってしまったが、この移動時間だけでは語り切れないため、グッとロゼは我慢して口を閉じる。

「おぉ……こんなルートがあったなの……」

「このルートだと、かなり早く到着できるんです。使っているのは私だけですけど」

長い間ディストピアに仕えているフェイリスでも知らないような隠し通路。

仕事の関係でアリアの部屋には行き慣れているため、ロゼは複雑なショートカットを最大限に利用することができた。

通常よりも二十分ほど時短できるルートにより、何とか二人はアリアの部屋の鍵《かぎ》が開いているうちに辿《たど》り着くことになる。

「魔王様、いらっしゃいますか？」

『――うーん？　どうしたのじゃ、ロゼ？』

ロゼが扉越しに声をかけると、数秒遅れて眠そうなアリアの声が聞こえてきた。

やはり床《とこ》に就く直前だったらしい。

アリアの許可を得ると、ロゼはゆっくりとその扉に手をかけ、開ける。

「わざわざすみません、魔王様」

「……いや、別に気にするでない。フェイリスのことじゃろ？」

「え？　何で分かったなの？」

「そりゃあ、お主がこんなところにおるからな」

二人が訪れた目的を察すると、アリアはチョイチョイと手招いて部屋の中に入るように指示を出した。

いつもとは違うアリアの姿。

眠る直前であっただけに、ヒラヒラのパジャマを身につけている。

普段の鎧《よろい》のような服とは正反対だ。

通常時の張り詰めるオーラも今はない。

「それでどうしたのじゃ？」

「魔王様、強くなりたいなの」

ロゼに相談した内容と、全く同じ内容を繰り返すフェイリス。

その言葉を聞いたアリアは、しばらくポカーンとした表情を浮かべていたが、プルプルと首を振ってロゼの方を見た。

「ロゼ、どういうことじゃ」

「フェイリスの言っている通りです、魔王様」

「むむ……フェイリス、本気か？」

「本気なの」

フェイリスは目をそらさない。

その思いの強さは、確かにアリアへと届いたようだ。

うーむ――と腕を組み、上を見上げてかける言葉に悩んでいる。

「フェイリスがそこまで思い詰めてしまうのは、儂の責任も少しあるのじゃろうなぁ。申し訳ないのじゃ」

「え!?　どうして魔王様が謝るのですか!?」

数年ぶりに見るアリアの謝罪。

それに驚いたのは、フェイリスではなくロゼの方だった。

「フェイリスは疎外感を感じておるのじゃろう？」

「………うん」

「そんなつもりはなかったのじゃが――まあ、儂の察しが悪かったということじゃ」

コホン――と、アリアは話を続ける。

「お主は戦うためにここにいるわけではないぞ。それは分かっておるか？」

「――え？」

予想していなかった言葉に、フェイリスは軽く硬まった。

じゃあどうして――と聞きそうになったが、それよりも先にアリアが口を開く。

「お主は強敵を道連れにする――いわば、儂を守るためにいるのじゃ」

守るため。

その言葉は、フェイリスの頭の中にスッと入ってくる。

一度しか使えない――文字通り必殺の能力。

その能力を持ったフェイリスが、そこら辺の人間に殺されるとなったらたまったものではない。

そう考えると、アリアがフェイリスを戦いに参加させないようにしていたのも納得だ。

決して弱いからなどという単純な理由ではなかった。

「この世には適材適所《てきざいてきしょ》というものがあってじゃな。うーんと……ロゼ。お主は鎧を使って攻撃し、剣を使って防御はしないじゃろ？」

「は、はい！」

「ということじゃ。お主にしかできない仕事がある。分かったか？　フェイリス」

「……うん！」

自分にしかできない仕事。

イリスたちに嫉妬《しっと》し続けていた自分に、やっと居場所が見つかったような気がした。

なるほど——と、ロゼもアリアに尊敬の眼差《まなざ》しを向けている。

「儂から言えるのはこれだけじゃ……ねむ」

「あ！　こんな時間にすみませんでした！　魔王様！」

「……ありがとうなの」

「フェイリスももう大丈夫ですか？」

「うん。ロゼもありがとう」

ベッドに戻るアリアを引き留める者は誰もいない。

フェイリスの表情も、心なしか明るくなっていた。

最後にアリアはその表情を確認すると、一気に緩んだような雰囲気でベッドにダイブする。

「あの、ありがとうございました。魔王様」

「また明日なの」

「——あ、フェイリス」

アリアは首だけ使って振り返り、部屋を出ようとするフェイリスを思い出したかのように呼び止めた。

「お主の能力は未知数じゃ。もしかしたら、相性の良い奴《やつ》が現れるかもしれん。その時は仲良くしてやるのじゃぞ」

うん――と。

その別れ際の言葉を、フェイリスはいつまでも覚え続けていた。

あとがき

はじめまして。作者のはにゅうと言います。この作品は、人間と魔族たちの戦いを描いたダークファンタジーかもしれないし、割とほのぼのしている魔王軍を楽しむゆるゆるファンタジーかもしれないし、かわいそうな人間たちを眺める物語かもしれません。とにかく楽しんでいただければ嬉しいです。

さて、このあとがきは一ページがタイムリミットなので、グダグダ内容を語るのはまた今度にしておきます。むしろここよりも、ｓｈｒｉさんの素晴らしいイラストを見ていた方が良いのではとさえ思ったり……。素晴らしいイラストといえば、表紙で目を奪われ、ピンナップで度肝を抜かれた人が多いと思います。私は個人的にフェイリスさんが好きだったのですが、ｓｈｒｉさんがそれを察してくれたのか結構目立つ場所にフェイリスさんを描いていただきました。はたして漫画版でもフェイリスさんは優遇されるのでしょうか。制作途中の原稿を見ましたが、とても素晴らしい出来でした――ということで漫画版も手に取っていただけると幸いです。

閑話休題。

少し話が逸れましたが、この作品は大勢の方々がいなければ成り立たなかった物語です。ご迷惑をおかけした担当編集さん。素晴らしいイラストを付けてくれたｓｈｒｉさん。

そして何より、この作品を読んでくださった皆様。本当にありがとうございました。

また皆様と出会えることを願って。

チートスキル『死者蘇生《ししゃそせい》』が覚醒《かくせい》して、いにしえの魔王軍《まおうぐん》を復活《ふっかつ》させてしまいました
～誰《だれ》も死《し》なせない最強《さいきょう》ヒーラー～

初出……「チートスキル『死者蘇生』が覚醒して、いにしえの魔王軍を復活させてしまいました
～誰も死なせない最強ヒーラー～」
小説投稿サイト「小説家になろう」で掲載

2020年5月5日　初版発行

著者――はにゅう

イラスト――shri《シュリ》

発行者――野内雅宏

発行所――株式会社一迅社
〒160-0022　東京都新宿区新宿3-1-13
京王新宿追分ビル5F
電話　03-5312-7432（編集）
電話　03-5312-6150（販売）
発売元：株式会社講談社（講談社・一迅社）

印刷・製本――大日本印刷株式会社
DTP――株式会社三協美術
装丁――bicamo designs

ISBN978-4-7580-9268-5

おたよりの宛先
〒160-0022　東京都新宿区新宿3-1-13　京王新宿追分ビル5F
株式会社一迅社　ノベル編集部
はにゅう先生・shri先生